いきたくないのに出かけていく

角田光代

角川文庫
23092

目次

旅へいく、旅で食べる　167

いきたくないのに出かけていく

たくさん持っていた、と信じていたころ

はじめてスペインを旅したのは二十二年ほど前で、そのとき訪れたのはグラナダ、マラガ、フエンヒロラ、ロンダ、セビーリャ、バルセロナ、カダケス、と三週間ほどでずいぶんたくさんの町を訪れた。バルセロナとマドリッドは治安が悪いと有名で、マドリッドはいかなかったけれどバルセロナではずっとびくびくしていた。実際にバルセロナでは、ひとりの男にずっと後をつけられて、地下鉄を乗り換えてもつけられて、こわい思いをした。びくびくしていたせいで、ほかの町は抜けるような青空と陽射しの記憶なのに、バルセロナは暗い印象しか残っていない。

その旅をしたときに、もうスペインは二度と訪れることはないだろうなと思っていた。こわい思いばかりではなくていい記憶のほうが多かったし、いいところだなと思ったのだが、縁がないような気がしたのだ。

この十月、二十二年ぶりにバルセロナにいくことになった。「サロン・デル・マン

ガ」というイベントに呼んでもらい、なおかつ昨今『対岸の彼女』という小説のスペイン語版が出たので、その宣伝もかねていくことになったのである。じつは二年前の二〇一四年にもスペインにはいった。そのときは『八日目の蟬』がスペイン語で発売されたのを機に、ブックフェアに招かれたり複数の雑誌からインタビューがあったりしたのである。そのとき滞在したのはマドリッドである。あの治安の悪いことで有名なマドリッド。戦々恐々として赴いたのだが、まったく危ない感じがしない。私は小心者だからか、旅先での危険センサーが非常に発達していて、路地や駅や店や公園や広場や、ちょっとしたところで「ここは入ってはいけない」と感じる。センサーに背いたことがないので、実際に危険なのかどうかはわからないのだが、それを実証する気にはならない。

ところがマドリッドは明るくてのびやかな町だった。暗くて危険な町を想像していたぶん、明るさものびやかさも倍に思えたのだとは思う。そして実際に暮らしてみれば、危険な地域もあり危険な目に遭うこともあるのだろう。けれども数日しか滞在しない旅行者にとっては、充分すぎるほどの明るさとのびやかさだった。

しかしバルセロナはマドリッドとは違うだろうと思っていた。たまたま目にしたテレビでも、バルセロナにはスリが多いというような番組を放映していた。そんなこともあって、今回私はまたしてもこわごわとバルセロナに向かったのである。

到着したのは夜だったのだが、しかしここでも危険センサーが働かない。翌日、取材の合間や終了後に町を歩きまわっても、センサーはぴくりとも動かない。観光名所には大勢の観光客がいて、そうでないところは人もまばらで、たくさんの犬がノーリードで飼い主とともに散歩している。街路樹が赤や黄色に葉の色を変え、道は広くて、のどかで穏やかである。地下鉄に乗っても、ガイドブックの犯罪の手口に書かれているように、知らない人に囲まれたりしないし、不自然に近づいてもこられない。しかも、乗り換え等のシステムがじつにわかりやすい。

仕事の合間や、仕事のない時間に私は地下鉄で移動し、新市街も旧市街も歩きまわった。二十二年前の旅を思い出しても、増築され続けているサグラダ・ファミリア以外、覚えている場所も通りも何もない。サグラダ・ファミリアが以前と違うとわかるのは、はっきり色が違うから。あたらしい部分はまだ白っぽいのだ。

二十二年前と比べてまず気づいた変化は、観光客の増加である。今はサグラダ・ファミリアもグエル邸も予約が必要で、予約時間に遅れると入れないらしい。カテドラル前の広場もお正月の神社境内みたいに人がいる。カサ・ミラに入るには長い行列、ピカソ美術館前にも長い長い行列。平日でも週末でも関係ない。中心街の目抜き通り、ランブラス通りは混みすぎて、行列で歩いているようだ。列のあちこちから自撮り棒がにょきにょきのびている。こんなに混んでいても、旅に浮かれているのか、町が心地いいのか、みんな上機嫌で歩いているし、並んでいる。仕事で会った地元在住の日本人に訊《き》くと、年々観光客は増加の一途をたどっているとのこと。生活するには人が多すぎてちょっと不便だと、その人は言っていた。

町の変化について私は考える。二十二年前のバルセロナの町が暗い印象なのは、びくびくみがまえていたからだ、というのは逆で、町がこわい感じだったから私はびくついたのではないか。そのこわい感じを今回はいっさい感じない。実際に今でもスリは多いらしいが、それでも治安は二十二年前と比べたらずっとよくなって、それとともに町の雰囲気がぐんと明るくなったのはたしかだと思う。観光客が増えると軽犯罪が比例して増加する町も多いけれど、バルセロナは、観光客増加によって治安もよくなったように私には思えてしまう。あるいは、治安がよくなったから観光客が増加したのか、ともあれ、何かしら関係があるように思う。

そしてその変化には、自分の年齢も関係しているはずだ。バルセロナをはじめて旅したとき、私は二十七歳だった。二十七歳のいかにもびくついた旅行者なら、後をつけたくなる不届き者もいるだろう。一日の終わりに、毎日残金の計算をしていたくらいだから、当然、テーブルにクロスの敷いてあるレストランなどは入れなかった。ただでさえ手持ちが心許《こころもと》ないお金を、一ペセタだって盗《と》られたくなかったし、だまされたくなかった。盗られたら困るものを、あのときの私は今よりたくさん持っていた。というより、盗られたら困るのだと心底信じていた。だから今よりずっとこわかったのだ。治安のよくない、暗い影の落ちる地域がある場所を、盗られまい、なくすまい、だまされまい、困るまい、と緊張して歩いたのだから、なおのこと町も路地も人も、こわく見えたことだろう。もうじき五十歳の私が町を歩いていても、後をつける男はいないし、すれ違いざまからかいの言葉をかけてくる若者もいない。五百円でも安い宿をさがさなくてもいいし、その安宿の鍵《かぎ》が壊されないかびくつくこともない。

バルセロナの町を歩いていて、ずっと忘れていたことを思い出した。二十二年前のその時期、何かのカーニバルをやっていて、尋ね歩くゲストハウスがみな満室だった。何軒も何軒も何軒も今日はフルだと断られ、歩き疲れてバルに入り、ビールを飲んだ。飲んでいたらフルだフルだという多くの声がこだまして、泣けてきた。ビールをすすりながら私はカウンターでひとり泣いた。カウンターの内側にいた青年が、それを見てどうしたのかと声をかけてくる。ゲストハウスがみんなフルだと私は泣きながら訴えた。すると彼はレジを閉め、「知り合いのやっている宿があるから、今からいっしょにいこう。そこがフルでもほかを紹介してもらえる」と言い、本当にゲストハウスさがしにつきあってくれたのだ。

ゲストハウスを軒並み断られるくらいで泣くほど、「困るまい」に縛られていたのだ。そんなことに気づきつつ、あの青年も今ごろ、四十代か五十代の立派なおじさんになっているのだろうなあと思った。

居酒屋難易度

日本で言う居酒屋的な店が、海外には極端に少ないと、私はもう幾度も嘆き、幾度もこうして文字にしている。少ない、ときにはほとんどない、という事実を体感してもう十数年になるというのに、未《いま》だにどこか信じられないと思っているのか、つい、さがしてしまう。

友人数人で台湾にいった。現地集合、食事どき以外自由行動、現地解散の気楽な旅である。台湾は五度目で、今年の四月にも（仕事だが）台北《タイペイ》に滞在した。だからすでに私は知っている。台北に深夜までやっている居酒屋はない。というよりも、台北に居酒屋的な店はない。そもそも台湾の人には「飲む」習慣がない。もちろんレストランにはビールも紹興酒も老酒《ラオチュウ》も、ときにはワインもある。でも、食堂にはビールはまずないし、たくさんある夜市で、ずらり並ぶ食べものの屋台に酒類は売っていない。あくまでも食事がメインだ。バーは、ないことはない。高級ホテル内にはあるし、ときどきぽつりとあらわれたりする。地元の客相手ではなく、観光客のためのバーだ。当然ながら値段は非常に高い。

レストランでビールや紹興酒を飲み、おなかがいっぱいになってそこを出て、「さあもう一軒」という習慣が、台湾の人にはまったくないのだと思う。レストランで陽気に酔っぱらっている人は見たことがあるけれど、道ばたで千鳥足だったり座りこんでいたりする人は見たことがない。地下鉄にも酔っぱらいは乗っていない。

そのことを私は肝に銘じている。

だから一泊目、夕食時にレストランを二軒はしごし、その二軒でビールと紹興酒をしっかりと飲み、その日は解散した。居酒屋的な店をさがしても無駄だとわかっているから、解散後にコンビニエンスストアでアルコール類を買い、みんなと別れて部屋飲みをした。

しかしながら二日目の夜、どういうわけだか私はまたしても「いや、居酒屋的な店はあるのではないか」という思いにとらわれるのである。何度も何度も何度も、「それはない」と思い知らされているのに、である。

二日目、夕飯時に待ち合わせて、それぞれ別行動にした。国立故宮《こきゅう》博物院や台北当代芸術館にいくみんなと別れて、私は猫の村に向かう。猴硐《ホウトン》というところが、猫の村らしい。台北駅から台湾鉄道で一時間弱、猴硐駅で降り、改札を出るともう猫がいる。ちいさな集落なのだが、村全体で猫の面倒を見ているようである。あちこちに猫用の食事処やトイレや、小屋がある。猫たちは村の至るところに気の向くまま寝そべって、観光客が撫《な》でようが動かないし、シャッターを切ろうが眠りから覚めない。お洒落《しゃれ》な飲食店や雑貨店があるが、すべて猫にまつわる店だ。雑貨は猫グッズ、衣類は猫イラスト入り、飲食店もインテリアの至るところに猫。店内にもリアル飼い猫。

この猴硐駅から一駅戻り、瑞芳からバスに十五分ほど乗ると、観光地として有名な九份だ。かつては九戸しか住んでおらず、その後いっときゴールドラッシュにわいた集落である。近くだったので立ち寄ってみると、超のつく満員電車並みの混雑である。多くが中国や韓国の旅行者のようだった。日本人もいるにはいるが、ずいぶんと少ない。

夕方の待ち合わせに間に合うように台北駅に戻り、みんなと落ち合い、担仔麵《タンツーめん》発祥と謳《うた》われる台湾料理の店にいった。ここで食べ終えた後にいく店はない、と私はこの時点でははっきりと意識していて、ビールを飲み、それから紹興酒を頼んだ。紹興酒が空になり、じゃあ麵でしめようと担仔麵をみんなで食べて店を出た。

そして唐突に、「ひょっとして飲み屋があるのではないか」という思いにとらわれたのである。以前はなかった、さがしてもさがしてもなかった。でも、あたらしくオープンしているのではないか。そしてみんなに提案しているのである。少し歩いて飲み屋をさがそう、と。

そのとき私たちがいたのは永康街。飲食店やお洒落なショップが建ち並ぶ一帯である。大きな通りをずっと奥に進むと、日本の居酒屋が何軒かある。旅先で日本料理の店に入ることを私は極端に嫌っているが、飲めるところといったら本当に日本居酒屋しかないのだから、背に腹はかえられない。しかしなんということだろう、その数件の居酒屋はすべて満席。

飲む習慣のない台湾の人たちも、食事を終えてもなお飲みたい、あるいは、だらだら食べながら飲み続けたい、という人たちがいるのだろう。でもそうした店がないから、遅くまでやっていてずっと飲み続けられる店、すなわち日本居酒屋に集まるのだろう、と推測される。

店をさがしはじめてから三十分が経過しているが、みんなもう引き下がれなくなっている。それぞれが分かれて路地に入り、奥の奥まで飲める店をさがしはじめた。そしてさらに数十分の後、ひとりが「見つけた！ 見つけたよ！」と暗い路地の向こうから走ってきた。

もうほとんど店もないような繁華街のはずれ、暗い路地にぽつりと明かりがついている。一見、お洒落なインテリアショップのようだが、はたしてそこはバーだった。ビールもワインもウイスキーもあるという。若い男の子がひとり店番をしていて、ワインを頼んだ私たちに、びっくりするくらいたくさんスナック菓子を出してくれる。何時までいていいの？　と訊《き》くと、彼はスマートフォンを操作している。日本語の話せる友人に、中国語でメールを送り、それを訳してもらっているようだ。彼が私たちに示すスマートフォンには「何時まででもかまいません。ゆっくりしてください」とある。

スナック菓子がなくなると補充してくれ、さらに（なぜか）ミルクティまでサービスしてくれる。私たちはうれしくなってワインをもう一本追加し、ご機嫌で飲み続けた。やはり観光客用のバーには違いないし、当然値段も高いのだが、でも、さがしてさがして飲める店を見つけたことがうれしくて、私はものすごくハイな気分になっていた。台湾にしてはめずらしく、その日は一時近くまで飲んで、みんなで歩いてホテルに帰った。

そのバーで、友人が幾枚も写真を撮っていた。お店の男の子に頼んで全員の写真も撮ってもらった。しかしバーの写真が一枚もない、なぜだろう、と不思議そうに友だちに言われたのは翌日である。

私たち、酒の精か何かに化かされたのだろうか……。

いきたくないのに出かけていく

インドを旅することを意識して避けてきた。

私がひとり旅をはじめた九〇年代は、バックパッカー的旅行が流行していて、多くの若者が世界各国を放浪していた。その放浪の中心はインドだったような気がする。ひとり旅のさなかに出会った多くのバックパッカーはインドをすでに旅していて、インドの特殊さについてだれもが話した。

本もじつにたくさんあった。インドについて書かれた本、漫画はあふれるほどあり、さらに出続けていた。

インドに興味はあった。ひとり旅をするようになってから買いそろえたインド関係の本は、私の本棚にびっくりするほど多い。けれど、実際に旅することはなかった。インドを旅した人がぜったいに言うことが、また、インド関連本でぜったいに書かれていることがひとつある。「価値観が変わる」、というのがそれ。人生観、価値観、死生感、呼び名はどうであれ、それまで漠然と抱いていた自身の基準のようなものが、みごとに粉々になる。そんなようなことが書かれている。そんなふうに共通して言われたり書かれたりしているのはインドだけだ。そしてそれこそが、私がインドを避けていた理由である。

多くの人が話しているとおりインドはカオスなのだろうし、死体を焼くのもそれを川に流すのも見られるというし、私なんかがいったらひとたまりもないだろう、価値観などおもしろいくらい変わってしまうのだろうなあ、と素直に思った。価値観が変わるのはこわかった。安易すぎるという気持ちもあった。みんなの言うとおりにインドにいってびっくりして価値観が変わるなんて、かんたんすぎるし、逆に平凡すぎて恥ずかしい。

そのまま私は三十代になり、貧乏旅行がおもしろく思えなくなり、その後仕事に忙殺されて休暇がとれなくなり、四十代に突入し、旅のスタイルがまったく変わった。かつて本を集めるほどには興味を持っていたインドは、はるか遠くにいってしまって、考えることもなかった。

正確にいえば二〇一一年に一度、仕事でインドを訪れた。しかし滞在したのはオンゴールとビジャヤワダという地方都市で、その町すらほとんど歩くことはなく、人身売買から救われた子どもたちの保護シェルターと、女性のための職業訓練所ばかり毎日往復していた。食事も、その訪問先でごちそうになってばかりで、外食したのは二回ほどしかない。インドを旅したとはとても言えない数日である。

かようにインドとはほぼ関係のない日々を過ごしてきた私だが、ついにインドにいくことになった。

休暇にはいっしょに旅している夫が、この数年、上座部仏教に興味を持って、ブッダガヤにいきたいと言い出したのがきっかけだ。ブッダガヤは、ブッダが修行をし、悟りを得た場所で、仏教徒には聖地である。私ももともと聖地巡りは好きなので、よし、そこにいこうと話はまとまった。インドだけれど、ブッダガヤはヒンズー教ではなく仏教の聖地だし、いわゆるインドっぽい場所ではないのだろう。私がずっと避けてきたインドにいくのとはやっぱり違うだろう。オンゴールやビジャヤワダよりもっとインドっぽくないかもしれない。……と、私は最初は、ブッダガヤのみ旅するつもりでいた。

ところが、インドを旅した友人の全員が全員、私たちがインドにいくと知るや、「バラナシにはぜったいいかねばならない」と口を揃える。

バラナシといえばガンガーの流れる町。いちばんインドっぽいインド。私が想像する「価値観を変える」インドの代表。そんなにみんながみんな、「いけ」というのなら、いくしかないか……。そこも聖地だし……。私はそう決めて、スケジュールを組んだ。

しかしその旅が近づくにつれて気持ちがどんどん重くなる。あんなに避けていたインド（っぽいインド）に今さらいくのか……。

そこがどのようなところか、だいたいは想像がつく。空港を出たら五十人くらいの客引きに取り囲まれて大声でいろんなことを言われて、交渉して、でも嘘をつかれて、泣いて、町を歩いたら物乞《ものご》いの子ども二十人くらいに取り囲まれて、疲れて、おなかを壊して、体調も崩して、寝こんで、また町に出て交渉して、でも嘘をつかれて、泣いて……のくり返しなのだろうなあ。そのひとつひとつ、今までの旅ですべて経験がある。しかしそれらの、いちばんハードでいちばん面倒でいちばん悔しいことがぜんぶいっぺんに我が身に起こる、そういう旅になるのだろうなあ……。二十代ならがんばれるし、理不尽と闘うことが活力となるし、おもしろいと思うこともできる。でも、（もうじき）五十歳の身にはひたすらつらいだけだろうなあ……。

二十代のときは、価値観を変えたくなくてインドを避けていた。今はひたすら、面倒そうだから避けたい気持ちなのである。

旅立つ日が近づくにつれ、本当にいくのがいやになってきた。性質の暗い私は、ほぼすべての旅において、出発前は億劫《おっくう》で不安でちっともたのしみではないのだが、こんなにいやなのははじめてである。このいやさ加減は、私の動物的な勘ではないか、いったらとんでもない事件が起きて、「いくのがいやだったのはこの事件を察知していたからか！」と思うのではないか、と考えてますますいやになる。

しまいには私は、自由旅行であれパックツアー旅行であれ、一カ月であれ数日であれ、インドを旅したことのある友人の顔をぜんぶ思い浮かべ、「あんなにきれい好きの人だっていけたんだ」「あんなに食べるのが好きな人でも、おなかを壊したって言ってなかった」「あんなに歩くのも走るのもいやがってタクシーばかり使う人でも、旅してきたんだ」等々と自身に言い聞かせた。しまいには「そしてみんながみんな、帰ってきているではないか！」と自身を叱咤《しった》し、旅立ったのである。

これほどまでに私を警戒させたインドの旅は、次回へ続く。

ブッダの歩いた道

インドで今回私がいったのは、ブッダガヤとバラナシである。それぞれ仏教、ヒンズー教の聖地である。ブッダガヤは、かつてそこを旅した人から、「こぢんまりしたちいさな町というか村というか」と聞いていた。しかし着いてみると、道ゆく人の数も多く、商店も露店も多い。車道と歩道の境界線にロープが張られているが、そのロープの下にはずらりと物乞いが並んでいる。道ゆく人は車道にまでふくらんで列をなして歩いている。野良犬もいる、飼い犬もいる、牛もいる。

目安を付けたホテルに入って部屋はあるかと訊《き》いてみると、「ダライ・ラマに会いにきたのか」と訊かれた。どうやらこのちいさな町に、ダライ・ラマが五年ぶりにきていて、全世界から仏教徒が集まっているらしい。ホテルの部屋は無事とれたが、韓国の団体客でホテルも混んでいる。ホテルのロビーには私服の団体客に交じって、袈《け》裟《さ》姿のお坊さんや尼さんもいる。

翌日の朝、ホテルを出て驚いた。ますます人が増えている。町の至るところに警官が出て交通整理をしている。車道は人でふくれあがり、ロープで仕切られた歩道にも物乞いがひしめいている。この町の真ん中にはマハーボーディ寺院という大きな寺院がある。ブッダがその下で悟りを開いたという菩提樹《ぼだいじゅ》のある寺院だ。この寺院にいこうとしたのだが、入り口が見えないほどの大行列である。並ぶのはいやだし、雑務を先にやってしまって、もう少し待ってみようと両替屋兼旅行代理店をさがして入った。開けたばかりの店に、私たちに続いて続々と客が入ってくる。みなえんじの袈裟を着たお坊さんである。私が両替をしているあいだ、隣にいたお坊さんがたは列車チケットの予約をしようとしている。なめらかな英語で話している彼らはブータンからきたのかもしれない。その会話を聞いていると、ダライ・ラマは十二日までこの地にいるらしい、翌十三日はこの町に滞在中の仏教徒という仏教徒がみな帰っていくから、バスも列車も混んでいる、購入するなら早いほうがいい、というような内容だ。私がこの町を出るのは三日も早い九日だが、なんだか焦ってしまって、バラナシいきの列車の時刻と空席を調べてもらう。

と、そんなやりとりをしているうち、この店に出入りをしているらしい男性に、ガイドをしてもらうことになった。

ブッダガヤには、町の中心以外にもブッダにまつわる名所がある。出家したブッダが六年ものあいだ籠《こ》もって厳しい修行をした前正覚山《ぜんしょうがくさん》、断食をしていた洞窟《どうくつ》。そこから下山し、村娘スジャータから粥《かゆ》をもらったというセーナー村。バスはなく、いくとしたらオートリキシャやバイクタクシーでいくことになる。ブッダガヤの町に着いたとたん、旅行者たちはガイド攻撃に遭う。会う人会う人、「山とセーナー村までガイドするよ」と持ちかけてくるのである。私も到着した前日からずっとガイド攻撃を受けてきた。ホテルの人も「明日《あした》ガイドしようか？　ホテルの外の客引きは危ないよ」などと言ってくる。こういうのは本当に面倒で、だれも彼も、ホテルの人すらも何か企《たくら》んでいるように見えるし、でもガイド（とそのタクシーなりバイクなり）を雇わないとまわることができない。大勢声をかけてくるなかでだれに決めるか、これがなかなか難しく、勘に頼るしかない。

しかしながらこの両替屋兼旅行代理店で、なんとなくうやむやなまま、声をかけてきた自称ガイドに連れていってもらうことになった。この人の友人と名乗るもうひとりのガイドと、二台のオートバイのうしろに私と夫は別れて乗り、出発することになった。しかし出発してすぐ、二台のオートバイはまったく別々の道を走り出し、私はにわかに恐怖を覚える。

はじめていく場所はたいていそうなのだが、しかしインドは、「どうなるかわからない」感がほかの異国より断然強烈だ。たいていの人は、日常的秩序を無意識に信じて過ごしている。〇〇いきのバス停を見つければ、そこにバスがくると信じて待ち、時刻どおりにこなくても遅れているのだろうと推測して待ち、やっとバスがくれば、それは〇〇にいくと信じて乗りこむ。そういう日常的な秩序が、インドではなんだかまったく通用しないと、空港に着いたとたんに肌で感じるのである。だからこわい。二台のバイクが別々の道を走り出しただけでこわい。「もう一台の友だちはどこいったの？」「夫は？」「もう一台は？」「いつ合流する？」と私は後部座席で怒鳴り続け、オーケーオーケーと自称ガイドは言い続ける。私たちはセーナー村の入り口で合流したのだが、夫もやはりもう一台のバイクのうしろで硬直した顔をしていた。

しかしこの自称ガイドたちはすばらしい案内をしてくれたのである。中心地から少し入ったところにある、ブッダがその下で瞑想《めいそう》したという菩提樹の大木から、水田や山々のあいだをバイクで縫って前正覚山を目指す。タクシーやオートリキシャでは入れない、細い未舗装の道を、バイクはアップダウンしながら走っていく。大きな川すら、水しぶきを上げて横断していく。途中途中、こぢんまりとした集落があり、バイクの音が聞こえると子どもたちがあちこちから飛び出してきて、夢中で手を振る。バイクを追いかけて走る子どももいる。池で洗濯をしていた女たちも立ち上がり、バイクを見守る。手を振ると、笑顔になって手を振り返す。陽射しの下で色とりどりのサリーが夢のように美しい。集落には、土壁の質素な民家が並び、外の炊事場で料理をする人がいたり、掃き掃除をする人がいたりし、鶏がひよこを引き連れて歩き、ちいさな山羊《やぎ》や羊がじっとこちらを見、うり坊が走りまわっている。お金を儲《もう》けたり、裕福な暮らしを送ったり、というようなこととはまったく違う価値観が、それぞれの集落にはあるように思える。その価値観によって、村も人も満たされているように見える。

バイクで走った道では旅行者の姿は見かけなかったのに、前正覚山に着くと、駐車場には多くのバスや車が停まり、洞窟へと続く山道にはすごい人。その山道の両端に、ずらりと並ぶ物乞《ものご》い。この混雑もまた、ダライ・ラマ効果だろう。ガイドによると観光客の多くはほかの町からきたインド人、ブータン人、タイ人、中国人、韓国人だという。山道には飲みものや仏教グッズを売る露店も並んでいるのだが、興味深かったのは、小銭売りと大袋の菓子売りだ。小銭売りは、日本円で言うならば五円玉を千円ぶんほどビニール袋に入れて売っていて、菓子売りは、あめ玉や小袋のビスケットが何十個も入った業務用みたいな大袋を売っている。それらを買う客は、ずらりと並ぶ物乞いたちに、コインを一枚一枚、菓子をひとつひとつ、配って歩くのである。そうすることで徳を積むのだ。じつに多くのアジア人旅行者がこれを買い、配っている。

物乞いに会った体験がない人は、物乞いを見たときまずたじろぎ戸惑う。パッケージツアー客ならば、添乗員さんからの指示が何かしらあるだろう。そうでない旅行者は、さんざんたじろいだ後で深く悩むことになる。悩んで悩んで答えを出す。正解ではない、自分なりの折り合いのつけかただ。私もはじめて物乞いの多い国をひとりで旅したときに、たじろぎ、悩み、迷い、罪悪感と羞恥《しゅうち》を覚え、開きなおり、また悩み、なんとかして折り合いをつけた。その折り合いは、しかしその後の旅で幾度も揺らぎ、揺らぐたびにまた、考えることになる。結局二十数年の旅体験による、物乞い問題の私の折り合い点は「平等にだれにも何も渡さない」である。ここに至るには、ものすごく長く苦しい思考と言い訳があるが、そんなものは折り合い点の前には不必要だ。とにかく私は何もあげない。

そんなふうに決めないと旅のできなかった私にとって、その、「とりあえず全員に配る」という折り合い点を持つ大勢の人たちが印象深く、また、そのような人たちのための商売のシステムが成り立っていることに感心した。

山の中腹には、ブッダが断食をした洞窟のほかにも寺院があり、多くの仏教徒が熱心に祈っている。五体投地をしたり、立ったまま合わせた手を動かしたり、さまざまな祈りかたで。これが本当にすばらしい光景だった。ひととおり祈禱《きとう》し見学した後は、セーナー村へいく。またしてもバイクと自転車しか通れないような道なきがたがた未舗装道を走る。集落では変わらず子どもたちや村の人たちが手を振り、山羊や鶏がいきかっている。集落を過ぎると荒涼とした大地と、遠くに連なる稜線《りょうせん》が続き、ふと、山からセーナー村に向かったブッダも、今私が目にしているのとまったく同じ景色を見たに違いない、などと思ったりする。そのくらい長いあいだ、何も変わらないような景色に見えるのだ。

ブッダがたどったのと同じように山からセーナー村へ向かい、そこから町に戻って午前中は長蛇の列だったマハーボーディ寺院に向かう。……というところで枚数も尽きたので、次回もまた、インドについて書こうと思う。

書かれ続ける理由

午後のブッダガヤのマハーボーディ寺院は、なかに入るのに列こそできていなかったけれど、たいへん混んでいた。靴を預け、入り口で荷物チェックをされてから寺院内に入る。寺院内のどこもかしこもすごい人。空いている場所には、ヨガマットみたいな長方形のマットが敷き詰められている。五体投地のお祈りのためのマットらしい。ほとんど人がいないが、マットの持ち主は今この時間はべつの場所にお詣《まい》りしているのだろう。お祈りの時間になると戻ってくるに違いない。その無人のマットに犬が寝そべっていたりするのがほほえましい。

ブッダがその下で悟りを開いた菩《ぼ》提樹《だいじゅ》もある。柵《さく》で囲われているが、この柵をぐるり取り囲むようにして信者たちが熱心に祈っている。仏教徒とはいえない私も、この木を見上げたときは心が震えた。私の心の問題というよりも、この木に何かしらの力があるのだと思う。

この寺院のまわりに馬鹿でかいテントがいくつも張られていて、そのなかに人がひしめいている。テントの奥、遠すぎて小指の先ほどしか見えないが、画面があり、ダライ・ラマらしき人が映っている。ダライ・ラマの話を中継するテントだったのである。袈裟《けさ》をまとったお坊さんが多いが、普段着の、家族連れやグループ連れもいる。じっと話に聞き入っている人もいるが、遊ぶ子どももいれば、自分たちの話をしている人もいる。丸いパンや菓子を売る人がずんずんとテント内に入っていき、それを買い求めて食べる人もいる。なんとなくだらけたムードもありながら、しかし不思議な熱気で満ちている。

今までどのくらい「祈る人たち」を見てきたんだろう、と、ふと思った。旅に出ると私はかならずその町の宗教施設にいく。聖地と呼ばれるところがあれば聖地にいく。信心深い国の宗教施設は日常的に混んでいる。聖地は非日常的だが毎日混んでいる。スリランカのスリーパーダとカタラガマ、メキシコのグアダルーペ寺院、ミャンマーのゴールデンロック、リトアニアの十字架の丘、サンティアゴ・デ・コンポステーラの聖堂と、ついつい今までいった聖地を数え上げてしまう。私は自分をずっと聖地好きだと思っていたが、好きなのは祈る人の姿なのかもしれない、と思えてくる。

ともかくどの聖地も混んでいて、でもだれしもが熱心に祈っているわけではなくて、ふざけていたり何か食べていたり寝ていたり、酒を飲んでもいい国では酔っぱらっていたりする。

そんなふうにぎゅう詰めの人たちが好き勝手やっているのに、全体的に平和で、喧《けん》嘩《か》も起きないしちょっとした苛《いら》立《だ》ちもない。私はそういう場を、自分で思うよりずっと好きなのかもしれない。

ブッダガヤからバスでバラナシに移動した。町に流れるガンガーはヒンズー教の聖地と言われている。日の出の時間なら祈る人が多いと聞いたけれど、私は早朝ではなく、午後にばかり出かけていたので、川べりには観光客と客引きが多く、川では泳ぐ子どもや洗濯・入浴をする男性などがいるばかりだった。

このバラナシは、まさしくインドにやってくる前に「いちばんインドっぽいインド」と思っていたとおりの場所だった。ちいさな路地を抜けてガンガーに出ると、ガイドをする、向こう岸へボートを出すという客引きがたくさん声をかけてくる。ガイドかボートかわからないがただ呼び止める人もいる。しかし想像していたほどはしつこくはない。ノーと言えばあっさり引き下がる。「えっ、インドなのに」とたじろいでしまうくらいのあっさりさだ。

そのなかに、日本人の心理を知り尽くしているとしか思えない客引きもいる。たとえば、こんにちは、と声をかけてくる。ガイドかボートだな、と思うから無視して通りすぎる。すると背後から「えっ、何を怒っているの」と言う。「インド、嫌い？　インド人、なぜ嫌い？」と悲しげに言う。

こんなふうに言われると、つい振り向いて、「べつに怒っていないし、嫌ってはいない」と言いそうになる。もちろんそれが相手のテだとわかっているからあえて無視する。無視しながら、うまいなあ、と思う。これは日本人にだけかける言葉で、欧米人や中国人には、こうは言わないだろう。なぜ怒っているの、と訊《き》かれて、ちくりと胸が痛む繊細さは日本人特有だと私は思うのだが、そのことを、この若い客引きはちゃんと心得ているのだ。こんなふうな、「わー、わかってるね、きみ」と言いたくなるような、日本人心理に長《た》けた客引きや自称ガイドに会うたび、「のってはだめだ」と気を引き締めつつも、感心した。

ガンガーのガートから続く、いくつもの細い路地に、数えきれないほどのゲストハウスや飲食店がある。戸を開け放ったゲストハウスの居間のような場所で、若いバックパッカーが輪になって話しているのを幾度か見かけた。洒落《しゃれ》たカフェもいくつもあって、やっぱり旅行者がくつろいでいる。若い旅行者は、欧米人もいたが圧倒的に韓国の人が多い。路地のあちこちにある看板も、ハングル文字がとても多い。二十年前、三十年前は、若い日本人が多かったのだろうなあと思う。インドを旅することが流行《はや》った時期があったはずなのだ。今は韓国で似たようなブームがあるのだろう。

この旅に私はインド関連のエッセイを二冊持ってきていた。田村隆一《たむらりゅういち》の『インド酔夢行』と、横尾忠則《よこおただのり》の『インドへ』である。どちらの旅も七〇年代だ。たまたま自宅の本棚にあるのを見つけて持ってきた。それぞれの描くインドは、場所も違うし描写も異なるが、それでも文字から漂う埃《ほこり》っぽさ、熱気、得体の知れなさ、常識の通じなさ、陽射しと湿気はおもしろいように共通していて、その共通事項を、四十年後のインドで、私もうんざりするほどそっくりそのまま体験している。そのことに私は心底驚く。詩人と画家がそれぞれ旅したときから、インドのインド的な部分は何ひとつ変わっていないのだ。すごいことだと思う。何千年も前からある神殿や何百年も前からある教会を見て、じわじわと感動することはある。でも、インドの不変は、遺跡や建築物ではない、生きている人が生み出している、生活からはみ出してくる何かだ。人は生まれて老いて死んで、つねにめまぐるしく変わっているのに、インドの人たちが作り出すものは変わらない。いったいそれはなんなんだろう、と思う。そんなふうに思いはじめると、これだけのインド本が出版されている理由もわかってくる。結局私も、いきたくなかったインドについて、三回も書いてしまった。

私を含まない町

ほとんど国内を旅したことのないまま大人になった私が、あちこちいく機会ができはじめたのは、三十代の半ばくらいだ。すべて仕事がらみである。

最初は、図書館や文化センターなどの施設から、講演の依頼があった。講演とはどんなものか、自分にできるのかどうか、まるで考えずに、依頼元の町にいきたかったから私は受け続けた。はじめて呼んでくれた町を未《いま》だに覚えている。北海道の帯広《おびひろ》である。きてくれた人は六十人くらい。はじめての講演は、話す内容をしっかりメモしていったのに、二十分程度で終わってしまった。一時間半の予定だったから、あと一時間十分ある。どうしたらいいのかと頭のなかが真っ白になった。質疑応答を延々とやった。お客さんはみんな親切な人で、涙が出るくらいありがたかった。

そしてそれよりも、駅から会場へと向かった車窓の景色を、ものすごく色濃く覚えている。あまりにも驚いたから。北海道は、札幌《さっぽろ》だけだがそれまでにも休暇で訪れたことはあった。すごく不思議な景色のところだということも知っていた。けれども、帯広の、やけに広々とした土地、その土地を覆うような広い空、彼方《かなた》に連なる山々、そのスケールを間違えたような景色に言葉をなくして見入った。途中から舗装された山道になり、道の両側が一面クマザサで、私を呼んでくれた人と付き添いの編集者が「クマザサがあるということはこのへんまでクマが出るということですね」「だれだれさんとこの庭でこのまえ出たばかりで」という話を、昨日の天気のことのように話しているのも衝撃だった。

今では私は講演の依頼は受けていない。この後も、その土地にいきたいがためにそういう依頼を受けていたのだが、ひとりで話すことが徹底的に苦手だと思い知ったのである。しかし講演で呼ばれなくても、日本各地を訪れる仕事は案外あった。私にしてみれば、本当にどこもかしこもいくのははじめて。大阪も、福岡も、宮城も、テレビの映像や何かの雑誌で見て知ったつもりになっていても、実際に自分がその地にいってみると、やはり「大阪って本当に大阪っぽい感じで立派に存在しているのだなあ」と驚くし、感激する。

ずっと断っているので講演の依頼はほぼなくなったが、今度は公開対談の依頼が増えるようになった。作家同士、あるいは主催者側のどなたかと対談形式で話をする。

ひとりで話すのではなく、質問をしたり、質問に答えたりしていれば、たしかに一時間半から二時間は話し続けられる。

最近になって気づいたことがある。こうしたトークイベント的な仕事の場合、まったく予想外の場所にいくことが多い、というのがそれ。

何かの取材だったり、あるいは観光だったりすると、目的地はたいてい大きな町だ。福岡なら博多《はかた》とか小倉《こくら》。北海道なら札幌や旭川《あさひかわ》や帯広。島根なら松江《まつえ》か出雲《いずも》。そんなふうに。けれどもトークイベントは図書館や文化センターで行われることが多い。図書館や文化センターが町なかにある場合もあるが、ちょっと離れた場所にあったり、あるいはそもそも、大きな市や町ではないところの施設が主催者の場合もある。そういう町は、呼んでもらわなければ絶対にいくこともなかっただろう、と思うところが多い。そして私は、大きな町も好きだが、それとは違った感じで、そういう町も好きだとこのごろ実感するようになった。

先だって呼ばれたのは宮崎県のえびの市だ。以前、熊本で私のトークイベントを企画してくれた女性が、現在えびの市の文化センターで仕事をしていて、宮崎県にお住まいの俵万智《たわらまち》さんとの公開対談を企画してくれたのである。

宮崎県、といっても、えびの市は鹿児島寄りである。と聞いてもピンとこない。ともかく鹿児島空港で降りて、そこから宮崎いきのバスに乗り、五十分ほど走ったインターチェンジという名のバス停で降りる。まさにそこは高速道路の乗り降り口であるインターチェンジなのだが、バス停に降り立った私は内心あわてた。周囲にあるのは、いくつかの道路と、田畑と、数軒の民家のみで、タクシーが走っている気配はない。歩いている人もいない。高い空、彼方に稜線《りょうせん》、ひっきりなしに車の走る音。文化センターの女性が迎えにきてくれて、迷子になった子どものようにほっとした。

その日の夜、飲み屋街の一軒で打ち上げがあった。飲み屋街といっても、スナックや居酒屋は十軒もあるかないか。街灯も少なくて全体的に暗く、ここでもまた、歩いている人がいない。飲み屋街の名前を描いた看板がアーチになっている。昔はそこに明かりが灯《とも》っていたそうだが、今は消えている。店がぽつぽつと並ぶ通りの先は街灯もなく真っ暗。それでも、スナックの前を通るとなかから歌声と笑い声が聞こえてくる。映画のセットのような、どことなく現実味を欠いた浮遊感がある。

翌朝、散歩がてら宿の周囲を歩いてみた。宿のまわりにあるのは民家と田んぼだ。少し歩くと川が流れていて、なぜか川の周囲だけ、先が見えないほど霧が立ちこめている。その霧のなかから散歩中の犬と老人がふっとあらわれ、また霧のなかへ消えていく。川を背にして歩くと、交通量の多い国道に出た。国道沿いをずっと歩く。みごとに歩いている人の姿がない。私の歩く先に、晴天を背景にした山がある。どっしりと存在感のある山があり、それよりは低い山々が、手をつなぐようにして続いている。国道沿いには大きな焼き肉店や温泉旅館などが間隔を空けてあらわれる。

私は完璧《かんぺき》にこの町に含まれていない、と早朝の国道沿いを歩きながら思う。ここで暮らすことを想像してみると、何ひとつ思い浮かばない。車の免許を持たない私はまず、必死で免許を取るだろう。でも、運転免許を持ち車を運転する自分をまったく思い描けない。歩いても歩いてもすれ違う人はなく、ただ国道は車がビュンビュン流れ続けている。目の前の山は動かず、太陽は少しずつ位置を変える。ようやくコンビニエンスストアが一軒あったので、目印を見つけたような気持ちで、飲みものを買い、引き返した。コンビニエンスストアがなければ、どこで引き返していいかわからないまま歩き続けていたかもしれない。

私はこの「完璧に含まれていない」感覚が意外に好きだと気づいた。まったくの用なし、まったくの部外者、そもそも、用事がひとつもなければ、ここにいなかったはずの人間、見なかったはずの景色。そう思うと、軽く酩酊《めいてい》したような気分になる。その酩酊が心地いい。

こういう町とは、偶然が重ならなければ出合えない。トークイベントひとつにしても、呼んでもらう、その日が空いている、という最低二つの条件がないとつながらない。そんななかで出合えた、ということに、縁の奇妙さをしみじみ思う。私は今も、国道沿いをひたすら歩いて戻ってきた朝の時間を思い出しては、他人の記憶のようなよそよそしさと、覚めてほしくなかった夢みたいなせつなさを、同時に感じている。

酔狂とプラマイ

ランニングをしている。毎年なんらかの大会に出ている。しかし、趣味ではない。趣味というのは「好きなこと」のはずだ。私の趣味は、読書、旅行、料理、である。ランニングは私にとってたんなる苦行。その苦行を自分に課しているというだけだ。

そもそもランニングをはじめた友人の、ランチームに入りたいから走りはじめ、そのうちマラソン体験記を書く連載がはじまった。しかしそのランチームは今やなく(実際にはあるが、釣りやバーベキューをたのしむチームへと変貌《へんぼう》を遂げている)、連載ももう終わった。走る理由は私にはなくなった。しかし走りやめることができない。ランニングをやめたら、私は今後一生走らないような気がして、それがこわい。それで、苦行だと自覚しつつ、自主的にランニングを続けている。

四月に、マドリッドマラソンに参加した。好きでもないのに、わざわざ遠方まで走りにいくなんて、なんという酔狂だと思う人もいるだろう。実際に何人かからそう言われた。しかしながら、好きでもないから、好きなものとセットにすれば、プラマイゼロ的に受け入れられるのではなかろうかと私は考えているのである。好きなもの、つまり旅とセットにすれば、苦行の苦しみもやわらぐのではなかろうか、と。

マラソン大会の前日、東京でいうビッグサイトのようなところにゼッケンをもらいにいく。同じ会場の別棟では漫画のイベントがあるらしく、ポケモンやセーラームーンのコスプレをした人たちが続々とそちらに向かっていく。昨年、バルセロナで大規模の漫画イベントに参加した身としては、どれだけコスプレが好きなんだスペイン……と思わずにいられない光景である。

ゼッケン受け渡し場はそこそこ混んでいる。世界的に有名な大会ではまったくなくて、地域の人たちが参加してたのしむ大会なのだろうなと、ゼッケンをもらう人たちを見て思った。みなさん家族連れだったり、会場で友だちを見つけて話しこんだり、町内会のイベントみたいだ。

大会当日。スタート時間は九時。スタート地点であるシベーレス広場へと続く道に、続々と参加者が集まってくる。参加者は、過去の、もしくは予想完走タイムをあらかじめ申請し、その順にブロック分けされる。プロやプロ並みに速い人はスタート地点真ん前、私のようなのろい素人はずーっとうしろのほうのブロックだ。九時近くなるとずっと先のほうから、音楽とマイクを通した声が聞こえてくる。いつスタートしたのかもわからないけれど、やがてゆるゆると列は進み出す。スタートの門をくぐるまでに二十分くらいかかる。

ところでこのマラソン大会、「ロックンロールマラソン」という名で、今年がちょうど四十回目らしい。なぜにロックンロールなのかわからないけれど、もらったコースマップのあちこちにギターのマークがついている。そこでロック演奏があるらしい。

四月の終わり、東京も新緑のうつくしい季節だがマドリッドもうつくしい。道は平《へい》坦《たん》で、道幅が広い。気持ちいい。道沿いには応援客たちが並んで声援を送っている。ランナーが走る列を抜けていって、応援している奥さんと幼い娘と抱き合い、写真を撮ったりしている。知り合いの名を呼び続ける応援客たちが、その知り合いを見つけて叫び合っている。十キロ地点で、ハーフマラソンを走るチームと道が分かれるのだが、ハーフ組がこのときフル組に盛大な歓声を送り、親指を立てたりガッツポーズをしたりする。「さあ、いってこい！」的なことを言っているのだろう。フル組もそれに応《こた》えて走っていく。

二人組で走るランナーがいる。ひとりは手に矢印のかたちをした看板を持っている。その矢印は隣を走る老ランナーを指している。看板にはおそらく「第一回目から全回参加して今年四十周年！」みたいなことが書いてあるのだと思う。ランナーたちはこの看板を見ると拍手喝采《かっさい》、走りながら「ハッピーバースデイ」をスペイン語で大合唱する。ランナーたちはかように元気で、走ることをそれぞれにたのしんでいる。

前日、マドリッドにいることがうれしくてワインを五、六杯飲んでしまったことを、朝起きたときは後悔していたのだが、あまりにも緑がうつくしく、走りやすい道なので、二十キロくらいまではじつに気持ちよく走れた。二十キロ地点を通過するとき、あと二十二キロしかないのか、それだけ走れば終わってしまうのか、と思ったくらいだ。ギターマークがついていたところにはブースがあってバンドが演奏しているのだが、ロックなのかどうなのか、うまいのか下手なのか、よくわからない。

ああ、やっぱりマラソンは苦行だ、と思ったのは三十キロを過ぎてからだ。今まで平坦で、下りの多かった道に、急に上り坂が増えてくるのである。これが苦しいのなんの。坂道がつらすぎて歩いてしまうと、周囲のランナーが「がんばれ！」（たぶん）と声をかけて走っていく。歩道の応援客たちも、なぜか交じっている東洋人に熱心なエールを送ってくれる。「がんばれ!!」と日本語で叫んでくれる人もいて、このときはちょっと泣きそうになった。

しかしながらこの後半の道は、緑あふれる広大な公園のあいだで、そのあまりの広さとうつくしさに走りながら驚いていた。家族連れがピクニックをし、子どもたちがサッカーをしている。そんな光景が、この世ならざるうつくしさだと思ったのは、それだけ私がつらかったからだろうか。

なんとかゴールをすると、ゴール近くにいるスタッフがこぞってハイタッチをしてくれた。

汗みどろのランウェアで、首から完走メダルを提げたまま、脚を引きずってホテルに帰る。信号待ちで並んでいると視線を感じ、横を見ると同じく完走メダルを下げた初老の紳士がこちらを見ている。目が合うと、親指をぐっと突き立ててうなずく。私も同じポーズを返す。うんうん、おたがい、よくやった。一瞬の交歓。こういうことがあると、あのつらいつらい坂道も、プラマイゼロも、少しプラスだった記憶に塗り替えられてしまうのだ。

時間と場所だけ

香港でごはんを食べようという話になった。日にちを決めて、その日にいける人を集める。計五人。香港に友人が住んでいるので、おいしいレストランを予約してもらう。友人は、友人夫婦を連れていくという。計八人。

待ち合わせの時間と店だけを決めて、各自その場に集まる、という短い旅を、この数年するようになった。その時間にその店にいけばいいだけで、それ以外の旅程は自由。待ち合わせに間に合うように到着し、翌朝帰ってもいいのだし、待ち合わせの三日前からひとり旅していてもいいのだ。決めるのはともかく、時間と場所だけ。いっしょに観光をすることもないし、同じ宿にも泊まらない。というか、だれがどの宿に泊まるかすら知らない。

数年前はソウルの店が待ち合わせ場所だった。しかも明洞や南大門市場といった中心街のレストランではなくて、聞いたこともない名前の駅から、二十分ほど歩いた場所にある焼き肉店である。このときは夫もいっしょで、スマートフォンの地図で確認してもらいながらその店に向かったのだが、駅を出てもショッピングビルも商店もなく、数分歩くと団地街になり、街灯も少なくて暗く、人もそんなに歩いていなくて、心細くてならなかった。この先にはたして飲食店などあるのか、スマートフォンを信じずに引き返そうよ、と言いそうになったとき、遠くにネオンサインが瞬いているのが見えた。そのあたり一帯、食肉市場で、夜だから市場は閉まっているが、市場脇にずらりと焼き肉店が並んでいるのだった。

目当ての店をさがして戸を開けると、見知った面々が笑顔で手を振っている。待ち合わせたのだから会えるのは当然なのだが、両手を挙げてひとりひとりに飛びつきたいほどうれしかった。だれが見つけた店なのかわからないけれど、市場の隣の焼き肉店は感動的においしかった。でも、自力でもう一度いける自信はまったくない。

今回の待ち合わせ店はそんなに難易度が高くない。きっと香港の友人が、みんなが迷わないような場所のレストランを見つけてくれたのだろう。

私は約束よりも一日前に香港に着いて、ひとりで町を歩きまわった。東京と同じでお店はころころ変わるけれど、基本的な構造や老舗《しにせ》店は変わらない。そしてこの町が好きだという私の気持ちも変わらない。高層ビル工事の足場が竹なのも変わらず、エスカレーターが異様に速いのも変わらない。

翌日、友人のひとりが早朝に着いたので、中心街で待ち合わせて開いている飲茶屋《ヤムチャ》に入った。狭い入り口を通ると、なかはだだっ広く、しかもすべてのテーブルが埋まっている。しかし店員さんは私たちを見ると、だいじょうぶ、奥にいけ、座れ、と身振りで示す。言われるまま奥へいき、二席空いているテーブルを見つけて相席させてもらう。お茶係の人にお茶をもらって様子を見ていると、注文式ではなくてワゴン式の飲茶屋さんのようである。しかしワゴンを押すおばさんが登場するや、お客さんがいっせいに立ち上がってそれを囲み、手を伸ばしている。厨房《ちゅうぼう》に入っていく客までいる。これはどうやら、ああしてもらいにいかないと、料理にありつけないらしい。ワゴンが登場するや、私もテーブルに置かれた注文票を手に、ワゴンめがけて急ぐ。ところがすごい人だかりで、ワゴンに何が置いてあるのかなかなか見えない。人が少なくなると、ワゴンは空。

友人とかわりばんこに幾度かがんばって、人垣をかき分け、いくつか料理を奪取した。蓮《はす》の葉で蒸したおこわ、叉焼《チャーシュー》の入った腸粉、肉まん、魚のすり身の焼売《シューマイ》的なもの、等々。湯気を上げるせいろの料理を一品もらうたび、おばさんが注文票にスタンプを押す。

しかし相席のおじいさんは、ほかの客のように立ち上がることなく、お茶を飲みながら悠然と新聞を読んでいる。あまり人気のない料理なのだろう、だれも持っていかなかったせいろを載せて奥までワゴンがやってくる。するとおじいさんは合図をして、ひと皿もらい、食べている。かっこいいものである。

朝食を終え、友人と別れ、待ち合わせの夕飯まで自由行動となる。

この日は日曜日だった。香港の日曜日といえば、お手伝いさん集会だ。公園や空き地、定休日の店の前、駅のコンコース、至るところにびっしりと人が座っている。はじめて見たときは大規模デモかと思った。日曜日、家にいると用事を言いつけられるから、いき場がなくて集まっている住みこみのお手伝いさんたちなのだと聞いて衝撃を受けた。そう言われてみれば、デモにしては平和的だし女性しかいない。それにしてもすごい数である。見るたびに驚く。この日も、午前中は人数が少なかったけれど、午後になるとやっぱり至るところにお手伝いさんたちが座りこんで、トランプをしたり、タッパーウェアに詰めたものを食べたり、寝たり、和やかに過ごしている。

九龍半島を歩きフェリーに乗って香港島に帰ってきて、足つぼマッサージで歩きすぎた足を揉《も》んでもらって、おもてに出るとちょうど約束間近の時間。香港島の中心街にあるレストランに向かう。

日曜日だから店内は空《す》いていて、たったひと組いるのが友人グループだった。異国のレストランでこうして会うと、やっぱり両手を挙げて抱きつきたくなるくらいうれしい。この日は東京からきた私たち五人と、香港の友人、友人の友人夫婦二組も参加しての計十人。やっぱり香港料理は大勢で挑まなくては。次々に料理をオーダーし、次々に持ちこんだワインを開けてもらう。その後バーをはしごして、深夜に解散。また東京で。

こういうことを、酔狂だと思わずにたのしめる大人になることができてよかったと思う。同じ思考と行動原理を持つ人たちがまわりに複数いて、本当によかったと思う。ところで、件《くだん》の飲茶屋さんの話を香港在住の友人にしたところ、その店はおいしいことと客が群がることで有名らしい。「私はバトル飲茶と呼んでいる」と友人。なるほど、たしかにバトル飲茶だった。

いきたい山といった山

何気なくつけたテレビに、山の景色が映っていた。だれかが登山をするという趣旨の番組だった。どこの山かもわからないのだけれど、私は画面に釘付《くぎづ》けになった。山の斜面、土と岩の感じ、生い茂る木々、木々のあいだから見える空。そして緑。圧倒的な緑。清々《すがすが》しい、とか、うつくしい、とか、言葉で感じるよりもっと強烈に心がその緑に吸いこまれていくようだ。

じつに不思議なことに私は「山にいきたい」という思いに取り憑《つ》かれた。不思議なことに、というのはつまり、私は山も山登りもちっとも好きではないからだ。緑あふれる景色に私の心は吸いこまれたが、今まで、自然を好きだと実感したこともない。山には幾度も登ったこともある。走ったこともある。でもその九割が仕事だった。残りの一割は、山好き・トレイルラン好きの友人に誘われて、ほぼ予備知識もないままいった。もちろん、その山経験のなかで、気持ちがいいと感じたこともあれば、光景のうつくしさに息をのんだこともある。でもそれは、山登りもトレランもつらいからだ。あまりにもつらいので、無意識に「いいこと」をさがしている。ちょっとした下り坂を気持ちいいと思い、見下ろした町の景色をうつくしいと思い、そう思うことでつらさを乗り切っているのにすぎない。だから、件のテレビ映像も、山にいきたい気持ちも、すぐ忘れるだろうと思っていた。

なのになかなか忘れられない。書店にいって、目的の小説を見つけたのちに、ふらふらと登山コーナーにいって都内近郊・初心者向けの山歩き本をさがしている。しかも買っている。

買って帰った本をしげしげと眺め、そうか、私はそんなに山にいきたいのか、と思い知り、ぱらぱらとめくる。都内から一時間くらいでいける山とコースがいろいろ紹介されている。難易度や、下山までにかかる時間も書いてある。写真もある。写真だけ見て、しかし私は本を閉じた。

無理だ、と思った。地図がまったく読めない。文字を読んでも、何が書いてあるのかうまく理解することができない。たとえば「いったん○○岳まで進み、南東側から戻るようにして……」というような文章だ。書いてあることはわかるが、しかしいざその地で○○岳がわからなかったら進めないだろうし、南東がどちらかなどわからず、

「戻る」という表現がわからない。どこに戻る？　戻るように「して」？　文字を追えば追うほど、なんだか現実味が持てなくなってくるのだ。今までは、仕事でも遊びでも、とにかくだれかといっしょだった。そのだれかは山を熟知していたり、地図を読めたりして、だから後をくっついていればよかった。ひとりではさすがに無理だろう。うん、無理無理。山は好きではないし。

と自身に言い聞かせていたのだが、ある早朝、やっぱり山にいきたいという気持ちに負けて、ランウェアに着替え、トレランリュックに必要最低限のもの（小銭入れ、携帯電話、タオル、水）だけ入れて、山方面に向かう電車に飛び乗った。地図も山歩き本も、理解できないから置いてきた。降りる駅の名前と、駅から登山口までのいきかたを諳《そら》んじただけである。

電車を降りるとどーんと視界に山がある。しかし駅から登山口まではけっこう歩く。登山口からしばらくは舗装された道だ。やがてアスファルトがなくなり、土の道になる。最初は当然ながら上り道。ゆるい上りなら走るが、そうではないかぎり歩く。ああ、山だ山、心が吸い寄せられた緑のなかにいる。そう思っても、やはり感動するよりは不思議な気持ちになる。ここだっけ？　私がきたかったのは本当に山だっけ？

山の頂が近づくにつれ、傾斜はどんどんきつくなり、歩くのもしんどくなってくる。

けっこうな人数が登山をしている。若いグループ連れ、家族連れ、カップル。私のようにひとりの人もいる。驚いてしまうのは、いくら初心者コースだとはいえ、三歳くらいの幼児が親とともに山を登っていることだ。

二時間強で山頂にたどり着いた。山頂からは三六〇度見渡すことができる。手をつないでぐるりと輪を描くような周囲の山々や、その合間にのぞくミニチュアのような町並みは、登頂した達成感を淡く感じさせるが、でも、行列のできている売店や、そこいらじゅうにいる登山客の群れが、なんとなくその達成感を削《そ》ぐ。山頂だけ、あまりにも町っぽいせいだ。

山頂から、元きた道を戻れば帰れる。でも、同じ道を歩くのはつまらない。山頂にある表示を見ると、どうやらこの先を進んでどこかから山を下りれば、違う駅に出ることができそうだ。よし、その道から帰ろうと決めて、表示に従ってさらに山道を進む。ここからは下りが多く、ようやく思いきり走ることができる。しかし、調子に乗って走っているうち、違う駅へと続くコースを通りすぎてしまったようだ。ちょっと悩むが、戻るより、先に進むことを選ぶ。

休憩場所や道が分かれる地点に看板があり、どの方面にいけば何キロでナントカ岳に出る、ナントカ峠に出る、ナントカ山頂に出る、ナントカ駅に出る、などと書いてある。地図もあるが、山の地図は私には読めない。どこかの駅に出たいのだが、下山して駅に出るより、ナントカ峠やナントカ山頂に出るほうが近くてかんたんそうで、ついそちらを選んで山道を進んでしまう。

アップダウンアップダウンの連続を、歩いたり走ったりで進み、やがて上りの傾斜がきつくなるとふいに視界が開けて、山頂なのか峠なのか、休憩所がある。売店があり、テーブルがあり、けっこうな数の登山客たちがテーブルで食事をしたり、ビニールシートを広げて寝転がったりしている。やっぱり町っぽい。売店では、飲みものやお菓子、アルコール類、うどんやそばを売っている。昼食の時間ではあるのだが、疲れていてまったく腹が減らない。

先へ先へと進むうち、帰ることができるのか不安になってきた。もし今度ナントカ駅という表示を見つけたら、それに従って山を下りよう、と決めた矢先、「高尾山《たかおさん》」と書かれた標識があらわれた。ようやく知っている名前が登場した！　高尾山までいけば、高尾山駅がある。そこから帰ることができる。ほっとして、さらに先に進んだのだが、いけどもいけども、走れども走れども、高尾山は出てこない。そこに着くまでにまたしてもナントカ峠やナントカ岳を越えていく。

ようやく、ここを上がれば高尾山の山頂だ、という看板を見つけた。しかし私は高尾山の山頂にいきたいのではない、高尾山駅にいきたいのである。山頂にいかずに巻き道を走りながら、「そうか、高尾山に着いても、駅はさらにその先なのか……」と、当然すぎることに今さら気づきつつ、でも、先にいかないと帰れないのでやむなく走り続けた。

家を出たときは、二時間くらい走って何かおいしいものを食べて帰ってこよう、と思っていたのだが、気がつけば、山に入ってから四時間以上経過している。道を下りきってアスファルトの道が見え、人家や病院があらわれたときは「これで帰ることができる」とほっとした。脚はがくがくし、汗まみれで、思い出したように空腹を覚え、しかし内臓はふくれあがったように感じられ、口のなかが痛い。高尾山口駅周辺は観光客でにぎわっているのだが、あまりの疲労のために現実味がまったく感じられず、そろそろと泳ぐように駅に向かい、都心に向かう電車に乗った。GPS時計で確認すると平面換算で二十五キロ、時間にして四時間半、登って走っていたことになる。

「山にいきたい」と思った、その気持ちの数倍は山にいったことになると思うのだが、なぜだろう、いきたいと願った山は、私のなかでもっとうつくしくてやさしく、念願の山にいる想像上の私はこんなには疲れていないのだった。

祭りの季節

祭りと縁がない。生まれ育った町には祭りがなかった。あったのかもしれないけれど、私はいったことがない。東京で暮らすようになって、祭りの多さにびっくりした。夏休みには家の周囲にある小学校という小学校が開放されて、祭りをやっている。九月になると神社がこぞって大々的な秋祭りをする。近隣の町にも大規模な祭りがある。祭り経験が極端に少ないから、とにかく祭りには興奮する。しかし、何をするでもない。神社の例大祭なら境内の露店を冷やかして、何か飲み食いするくらい。小学校で行われている盆踊り系の祭りには、何か躊躇《ちゅうちょ》があって入れない。

毎年八月の終わりに高円寺《こうえんじ》で行われる阿波踊《あわおど》りは有名で、私も胸躍らせて幾度かいったことがある。その祭りの開催中にその町にいけば、祭りのメインイベントが見られるのだろうと思っていた。だから何も調べず何も知らないまま友人と出向いたのだが、町のどの通りも人でごった返しているだけで、何もない。商店街では、飲食店が軒先で飲みもの食べものを売っていて、売り子たちも明らかに通常よりハイテンションなのだが、でもそれだけのこと。混んだ町を徘徊《はいかい》して、疲れて帰った。という経験が数度ある。祭り経験値のある人ならば、一度そういう体験をすれば、次回は、踊る人たちが何時ごろにどこを通るのか、どのあたりなら見やすいのか、などと調べるのだろう。かなしいかな、私はそうではなく、経験値も上がらず、学習もしない。

拙著『対岸の彼女』に、旅には「to do」と「to see」の二パターンがあると登場人物が話す箇所がある。川下りだとか陶芸体験だとか、らくだに乗って砂漠を二泊だとかをする旅が前者、遺跡史跡を訪ねたり伝統行事を見たりするのが後者。

祭りを見にいくと、いつも自分の書いたその区分を思い出す。祭りにも、同様に do と see の二パターンがある。旅は、どちらの旅でもその場所ならではの旅体験ができて旅の記憶となる。でも祭りにおいて、その二者はまったく異なるものだろうと私は思う。祭り初体験からしばらくは、そのことに気づかなかった。祭りは、見にいけば「参加」になるんだろうと思っていた。そして何回か祭りにいくうちに気づいたのである。見る祭りとする祭りはぜんぜん違うんだろうな。というより、祭りって、する側のほうが段違いに楽しいのではないか？　そう気づいて、祭りを見る自分の奇妙な感情に合点《がてん》がいった。祭りにいくと、最初は極度に興奮し、何を食べるか何を飲むかどこで食べるかどこで飲むかめまぐるしく考えるのだが、何か飲み、食べてしまうと、急に退屈なような、さみしいような、拗《す》ねたような、期待外れのような、そのぜんぶの入り交じった感情に支配されるのである。これはおそらく、「する側には入れない」に起因するのだろう。

近所の神社レベルではない、日本全国にその名を知られる祭りには、仕事以外では私はいったことがない。それどころか、どこにどんな祭りがあるのかもおぼろげにしか知らない。今年の夏、青森出身の友人に誘ってもらって、はじめてねぶた祭にいった。ねぶた祭という言葉で、ぱっと浮かぶイメージはあるけれど、じゃあ実際どんな祭りかというとやっぱり私はまったくの無知である。

祭りは一週間ほど行われ、全二十数台の山車《だし》が、日によって違う台数、違う種類で市内の道路を練り歩く、そういう祭りだと青森の町に着いて知った。歩道には観覧席と露店がずらりと並んでいる。日暮れが近づくにつれ、少し離れた大型駐車場に観光バスが次々と入ってきて、団体客がわらわらと指定された席へと向かう。この観覧席もあらかじめ予約しないといけないらしい。

完全に日が落ちる前に祭りははじまった。明かりのついたねぶたが、車道を滑るように進んで近づいてくる。口を開けて見入ってしまうほどの大迫力で、完全に日が落ちてからは、夜に浮き上がるような色彩のうつくしさに見とれてしまう。一台のねぶたのあとには笛・手振り鉦《がね》・太鼓のお囃子《はやし》が続き、さらにそのうしろを踊り手であるハネトがその名のとおり跳ねながら続く。ハネトはちいさな子どもも家族連れも老人もいて、ちゃんと跳ねている人もいるがただ歩いている人もいる。バケトと呼ばれる仮装の人もいる。

ねぶた祭は、see だけではもの足りない人のために、do も用意している。ねぶたの後方で練り歩くハネトは、観光客でも参加できるのだ。衣装をレンタルして身につけて、出発前に勝手に好きな場所に入ればいいらしい。でもここまで祭りの規模が大きいと、私は見るだけで充分すぎるほどである。見ているだけでねぶたというもののうつくしさと異様さに圧倒され、この祭りの成り立ちや歴史に思いを馳《は》せてしまう。教科書的な知識ではなくて、もっと人の暮らしに根づいたような成り立ちであり歴史を知りたくなる。

それから土地の不思議を思う。ふつうの旅で考えるのとはちょっと異なった角度から「土地」を見たくなる。海が近いか、土地が肥沃《ひよく》か、その地域で愛されている神さまはどんな神さまなのか。祭りの背景にはきっとそんなことが関係している。そういう疑問が次々わき上がってくるだけで何やらたのしい気持ちになって、旅の後、疑問を調べてひもとくかというと、めったにそんなことはしない。

それに加えて今回、とある疑問をはじめて抱いた。この祭りに誘ってくれた友人は、物心つく前からこの祭りにきて、あるときは見る側だったりあるときはする側だったりしてきたのだろう。この時期、全国・世界からわっと人が押し寄せて、自分の住む町が異様にごった返す様を見てきたのだろう。そのようにして大人になった人と、祭りなどほとんど見たことなく成人する私のような人とでは、何か人格形成に大きな違いがあるんだろうか？　きっとあるはずだ。どのような違いか、はっきりはわからないけれど。

八月初旬のねぶた祭から帰って、一ヵ月ほどたてば、規模こそまるで違うが家の近所で次々と秋祭りがはじまる。私はまたしても興奮して出かけ、さみしいような拗ねたような気持ちで帰ってくる。一方的に見知っている人たち——酒屋の主人や不動産屋の若旦那《わかだんな》など——が法被を着て、いつもとまったく違う表情で御輿《みこし》を担いでいるのを見て、意外な気持ちになりこそすれ、人格形成の違いについてまでは思いを馳せない。

いつだったか、夕飯後の、日も暮れた時分に秋祭りを見にいった。境内には家族連れや若いグループ連れが多かったが、そのなかに、あきらかに夜に出歩き慣れていない中学生たちがいた。男の子と女の子とで組分けされたみたいに別行動をしているのに、ときどき、ものすごくぎこちなく近づいては言葉少なに会話している。そしてまた、ぱっと離れていく。もしかしたら祭りの日は恋の日でもあるのか？　と想像してしまったのは、彼らのあいだに流れている空気が、やけに甘酸っぱかったからである。だとするならば、祭りを見にきた彼ら彼女らも see 参加ではなく do 参加だ。そんな参加のしかたもあるのか。そうした経験も皆無な私は何やら猛烈にうらやましく思うのだった。

小説と歩く

ジョン・アーヴィングという作家が私は大好きで、新作が出るたびに読んでいる。この作家は放浪型でも移住型でもないけれど、でも旅好きな人なのだろうと想像する。彼の書くほとんどの長編小説で、登場人物たちは定住地を離れて異国に住んだり、あるいは異国をかならず訪れる。

はじめてウィーンにいったとき、私は『ホテル・ニューハンプシャー』を持っていった。ホテル経営に取り憑《つ》かれた父親が、家族を巻きこんでホテルを開業し、やがて彼らはウィーンでホテルを営む、というストーリーで、ウィーンの町並みがたくさん描写される。その描写に重ね合わせるようにして、私はウィーンを旅した。

アムステルダムにいくことになったときも、思い出したのはこの人の小説だ。『未亡人の一年』で、絵本作家の子どもとして生まれたルースは、成長して作家となり、取材のためにアムステルダムにいく。「飾り窓地区」で、ある娼婦《しょうふ》と出会うエピソードがじつに印象深い。飾り窓地区は、大阪の飛田新地《とびたしんち》に似た遊郭街だ。細い路地がくねくねと続き、路地に窓のある建物がびっしり並んでいる。窓をのぞくと、下着姿やそれに近い女性たちがポーズをとっていたりベッドに腰掛けたりしている。気に入った人がいれば、その建物に入る。アムステルダムで私がもっともいきたいと思ったのはこの飾り窓地区だった。ルースが歩いた場所だから。

飛田新地がそうであるように、この地区も物見遊山の女性観光客は歓迎していないどころか、はっきりと拒絶の雰囲気があるのだろうと思っていた（飛田新地では、歩いているだけで客引きのおねえさんがたに、水を撒《ま》かれたり、帰れという意味でぱんぱんと手を叩《たた》かれたことがあって、なかなかに忘れられない）。そのときはアムステルダムに知り合いが住んでいたので、連れていってもらった。夜の九時ごろにその地区をそぞろ歩いたのだが、思いの外、観光客が多くて、女性でも拒絶するような雰囲気はあまりない。窓の向こうの女性たちが、出稼ぎなのだろうと思わせる外国人であること、露出がたいそう派手であることが印象に残った。ルースが歩いたころとは、だいぶ雰囲気が違うのだろうなと思いながら歩いた。

と、いった具合に、アーヴィングの小説はときに、ガイドブックのようにある場所を魅惑的に見せる。ガイドブックや旅行雑誌で、未知の場所の写真を見て、ここにいってみたい、自分の足で立ってみたい、と思うように、彼の小説はそう思わせる。

今年もまたアーヴィングの新作『神秘大通り』が出て、めずらしいことに主人公はアメリカ人ではない。メキシコはオアハカ生まれの少年が主人公だ。舞台は、彼、フワン・ディエゴが過ごしたオアハカと、成長して作家となった彼が旅するフィリピン、その二つの場所をいききしながら進行する。

この二つの場所には共通点がある。長いあいだスペインの植民地だったことと、黒いマリア像があること。

フィリピンは旅したことはないが、メキシコは十年前に旅した。カンクンからメキシコシティまで三週間、おもにバスで移動した。ほかのどこでも見たことのない色鮮やかな町並みと、あちこちに生える巨大化したサボテンに、日がたつにつれて慣れていき、慣れてくると、何か妙だと思うようになった。

何か妙だ。でもそれは、言語化しづらい生理的な感覚で、何がどう妙なのか自分でもわからない。わからないながらメキシコシティに近づくにつれてどんどんそれは膨らんで、メキシコシティの中心街、メトロポリタン・カテドラルを前にしたとき最高潮に達した。そうしてカテドラルのすぐそばにあるテンプロ・マヨールと隣接する博物館にいって、ようやく妙だと思う理由がわかった気がした。テンプロ・マヨールは、二十世紀にたまたま発見され発掘された、古代アステカ帝国の中央神殿である。そして立派なカテドラルもまた、スペイン統治以前はアステカ神話の神殿だった。十六世紀、メキシコにやってきたスペイン軍は、アステカの町を次々と侵略し、神殿を破壊した。今あるカテドラルは、かつてそこにあった神殿の石材を用いて、アステカの神をあがめていた先住民を労働力として建てられた——と、ガイドブックで読んだとき、自分のなかの奇妙な感覚に合点《がてん》がいった。

降り立ったカンクン近郊の町からずっと私が感じ続けていた「妙」な感覚は、そこにあったものが壊されて、その上に、お仕着せの服を着せられるようにあらたな町や建物や信仰が作られたことによるものだ。でもかつてそこにあったものは、かたちはなくとも残り続けている。だから、かたちのあるものを見ながら、かたちのないものをより強く感じることになる。その異様さは、カテドラルを前にしたときはっきりとわかる。

新作『神秘大通り』で作者は、登場人物たちを介して、かつてあった文化や信仰を破壊し、その上に彼らの文化や信仰を根づかせた植民地支配にたいして、ユーモアにくるんではいるが痛烈な批判と皮肉を口にしている。それはまさに私が旅するなかで、言葉で思うよりまず先に肌で感じた「妙」さである。読むことで、それを生々しく思い出し、その生々しさにたじろいだ。でも、かつてあった信仰が、侵略や破壊によって完全にキリスト教に取って代わられたのではないということも、この小説は描いている。それはつまり、キリスト教という宗教がはじめにあって、人々の信じる心が生まれたのではない、最初に人々の強烈に信じる心があって、それが宗教のかたちを取ることがある、ということだ。重要なのは教義ではなく、ここで生きている私たちである、ということ。

この新作小説では、メキシコシティにあるグアダルーペ寺院がちょっとしたキモになっている。マリア信仰の奇跡が、実物のマントというかたちで残り、展示されている、ひとつの聖地である。タイトルの「神秘大通り」は、この寺院へ続く参道の名でもある。聖地好きの私も、この寺院詣《もう》でをメキシコの旅におけるひとつの目玉にしていた。

ものすごく巨大な、テーマパークみたいな寺院である。敷地のなかにはものすごくたくさんのマリア像があり、敷地じゅう聖地詣での人で混んでいる。家族連れで弁当を広げて食べたり、木陰で昼寝したり、マリア像と並んで写真を撮ったりしている。奇跡のマントは大人気で、そこで人が立ち止まらないように、マントの展示の下だけ動く歩道になっている。神聖さはほぼ感じられず、「人」っぽい。バーゲンとか運動会なんかで感じる「人」っぽさである。そしてアーヴィングはじつにみごとに、私がこの目で見たよりずっとすばらしく、グアダルーペ寺院の「人」っぽさを描いている。ため息が出るほどの「人」っぽさだ。

未知の土地を、小説を手に旅するのもいいけれど、かつて旅した場所を、読むことでさらに濃く旅するのもおもしろいのだと知った。旅して言葉にならなかった感覚が、やっと理解できることもある。あのとき感じた奇妙さはただしかったんだと無闇にうれしくなったりもする。

観光ニッポン

私はずいぶん長いあいだ、日本は観光に向かない国だろうと思っていた。日本を旅する人はマニア的な日本好き、それ以外の観光客がやってくることはないだろうな、と。

なぜなら、（当時は）まったく旅行態勢が整っていなかった。ある温泉地にいこうと思い立ち、最寄り駅までいくのにも、電車やバスの乗り換えの時間合わせに苦労して、ようやく最寄り駅に着いたら、今度は一日に三本しかないバスに乗らなければならなかったりする。運転免許を持っていれば、こういうこともスムーズにいくのだろうけれど、免許もない、地図も読めない、時刻表も読めない、方向音痴という旅四重苦を背負った私には、いちいちハードルが高い。パックツアーに参加すれば楽なのだろうけれど、それはぜったいにいやなのだった。

外国からくる旅行者は、免許を持っているかもしれないし方向音痴ではないかもし

れないが、それよりもっと巨大なハードルがある。それひとつだけで私の四重苦より
たいへんな思いをするはずだ。
それは言語。表示や案内や駅名はぜんぶ日本語表示だし、案内所でも他言語は通じない場合が多い。道ゆく人に訊《き》いても、その人は戸惑うだけだろう。
実際、私は旅した土地で、日本を旅してきた人たちの話をいやというほど聞いた。ほとんどが批判。なんて物価が高いの。安宿とかないじゃん。何か訊くと、なんで日本の人って見えないふり、聞こえないふり、気づかないふりをするの？（とジェスチャー付きで再現する人は、そういう対応がよほど腹に据えかねたのだろう）
さもありなん、と私も心中でうなずいていた。自虐的に自分の出身国を批判するつもりは毛頭ないが、嫌われるのはしかたがないよと思っていた。この私だって旅先に日本はまず選ばない。
出入国手続きの人の、あの無表情と無言は、成田《なりた》空港でしか見たことがなかったし、荷物を開けるよう命じた税関の人の、「すみませんね」はまったくすまないと思っていなかった。ようやく空港を出たと思ったら、今度は都心までが信じがたく遠い。空港から東京に出るだけならまだいい、その先の、動脈静脈図のような地下鉄の難解さ。電車に乗ってもアナウンスも表示も日本語だけ、だれかに訊こうと声をかけても、無

言で首を傾げられるか、無視される。

ファミリーレストランやチェーン店は、海外旅行者には入りやすいと思うけれど、あのマニュアル対応には戸惑わないわけがない。「おひとりさまですか」「お煙草お吸いになりますか」が聞き取れずに、何か質問しても、おそらくえんえんとリピートされる。

そして観光地にはゲストハウスがほとんどない。まれに存在するが、震えるくらい汚い。安く泊まれるところといえばカプセルホテルだが、それも慣れない身には棺《ひつぎ》のように思えるだろう。

前半は当時の私の感想で後半は日本を旅した異国の人から聞いたことだ。九〇年代の東京も日本もちっとも観光的ではなかった。とくにバックパッカーの長期旅行には向いていないように思えた。旅行者を拒絶してはいないけれど、でもだれかの旅よりもっと他のことが優先されている雰囲気があった。私の旅経験のなかではロシアと似ている。公の機関で働く人が無愛想で横柄で威圧的、道ゆく人は不親切か急いでいる、なんとなく全体的にわかりづらい。でも、歴史や文化や暮らしの奥の奥がものすごく興味深くて、何かひとついい方法があれば、ぐーっと親しくなれそうなのに、それが見つからない。

それから三十年近くがたって日本は今や人気の観光スポットだ。あのころの私がまったく予想もしなかった光景が、新宿《しんじゅく》でも銀座《ぎんざ》でも繰り広げられている。銀座の通りを歩いていると、聞こえるのは外国語ばかりで、私のほうが旅している錯覚を抱く。

思い返してみれば、いろんなことがゆっくりと、でも大きく変わった。かつてのように、笑顔を見せたら厳重処罰されるのだろうなと思うような空港職員はいなくなった。道路標示、案内図、路線図、トイレの注意書きに至るまで、英語ばかりか韓国語・中国語が併せて表記されている。案内所やデパートの窓口にはさまざまな言語に対応できる係の人がいる。ゲストハウスや民泊などもずっと増えたはずだ。何より、かつての貧乏旅行者ほど貧乏な旅行者は、もういないのではないか？ ――いや、そうではない、この三十年近くで、旅行者が旅に求めるものが、観光地の日本よりずっと大きく変化したのだと思う。一日でも長く旅ができるなら節約も苦にならない、という価値観をかつては少なくない旅行者が持っていた。今、日本を旅する人を見ていると、節約なんかせず使うところでぱっと使う、それこそが旅の醍醐《だいご》味《み》、というふうに見える。

久しぶりに京都にいって本当に驚いた。東京の比ではない、歓楽街や繁華街ばかりではなく、ちょっとした路地でも、明かりのほとんどない暗い通りでも、世界各国からの観光客がものすごい数、ひしめいている。スマートフォンで地図を見ていたり自撮り棒で写真を撮っていたり、ガイドブックを広げていたり、どこぞの客引きと話しこんでいたり。京都はたしかに観光地だけれど、ここまで世界各国の旅行者が埋め尽くす光景を、私はやはり想像もしていなかった。

私の泊まったホテルには幾組もの団体観光客がいて、それもまた驚いた。ホテルのロビーでスペイン人ならスペイン人、韓国人なら韓国人といった具合に集合し、みんな揃ったところでどこかに出発するらしい。

なんたることだろう。九〇年代は、団体旅行者というのは日本人の別名だった。空港やホテルのロビーで、添乗員さんの持つ旗の下に集まる団体客は、各国旅行者たちにはちょっと異様に見え、見かける私もなんだか恥ずかしいような気持ちになった。長距離バス乗り場で、「どこからきたの？」とひとり旅の女の子に訊かれ、「日本」と答えるなり、「嘘だ」と言われたこともある。「日本人って大勢でしか旅行しないんでしょ。ひとり旅の人に会ったことないもの」と真顔でその子は言う。そのとき二十代の私は一割くらい得意な気持ちだったが、残り九割はやっぱり恥ずかしかった。だから今、ホテルで団体客を見たり、銀座で待機中の団体バスを見ると、「馬鹿にしていたくせに！」と言いたくなるのである。「どこの国の人だって団体で旅行するじゃないか！」と。

その京都で、私は仕事相手にたいそう高級なレストランに連れていってもらったのだが、このお店がほぼ満席だった。その半分以上が観光客らしき友だち連れ、家族連れ、夫婦、グループ等々。高級店の雰囲気や値段にかしこまるでもなく、あらたまった服装というのでもなく、じつにカジュアルな旅スタイルで、自撮り棒も用い、自分たちや料理の写真を撮りまくっている。

そういえば、六本木《ろっぽんぎ》のお鮨《すし》屋さんでも、隣り合ったお客さんたちがまだ二十代の旅行者だったことを思い出す。お茶に興味があって、お鮨屋さんにきてみたかったのだと彼女たちは言う。ホテルのコンシェルジュにこの店を教えてもらい、予約を取ってもらったのだと聞いて、心底びっくりした。二十代の私は、旅先で、二ドル程度の代金を四ドルとだまし取った人力車の運転手に、泣きながら怒っていたというのに。

日本にくる旅行者はみんなお金持ちなんだなあ……と思いかけて、いや、やっぱり旅の概念が変わったのだと深く深く実感する。非日常的な貧しさを求めるような旅は、もう流行《はや》らない。非日常的に贅沢《ぜいたく》をして、それをたのしむ。今のほうがきっと旅として健全だ。

バレンシアで走る

そもそもの最初は、マドリッドだった。大勢でごはんを食べているとき、パエリアの話になった。マドリッドに有名なパエリア店があり、数年前にそこにいって、とてもおいしかったと私が言うと、マドリッドに二十年ほど住んでいるFさんが、「いやいや、パエリアはやっぱりバレンシアで食べなければ」と言う。「本当にぜんぜん違うから」と言う。でも、マドリッドの店もすご－くおいしかった、と私はくり返したが、「いやいや、本場はもう、ぜんぜんかなわないレベル」だと言う。

もしかしてそれだけだったら、「そんなに違うのか」というだけで終わった話かもしれない。

翌日、このFさんが勧めてくれたアヒージョの店にいって、そのおいしさに私は度肝を抜かれた。東京の、私の住む町にはバルを名乗る居酒屋がたくさんあって、どの店もアヒージョを出すが、そのすべてに「アヒージョと名乗るなかれ！」と叫びたいほどの、すばらしいおいしさ。思わずおかわりしたほどだ。そして私は思った。Fさんがおいしいと言ったアヒージョが、こんなにもずば抜けたおいしさならば、件《くだん》の、バレンシアのパエリアというのも、推して知るべし……。

バレンシアにいきたい！　私は思い、そう言ってまわった。思うだけだとだめだが、口に出せば、それは実現するのだ。

しかしパエリアを食べるためだけにバレンシアにいくのも、なんだかなあ。何かもう少しいく理由をつけくわえなければ。と考えて、マラソン大会を思いついた。バレンシアでは秋にマラソン大会がある。それにエントリーすれば、なんだか立派な旅の理由になるではないか。

バレンシアは、マドリッドとバルセロナの中間くらいにある町で、オレンジも有名だが、パエリアの町として有名なところだ。調べてみると、ハーフマラソンの大会とフルマラソンの大会は日にちが違う。私はハーフマラソンにエントリーした。

このところ毎回そうなのだが、今回もまた、弾丸旅行である。バレンシアには深夜に到着し、翌日、町の地図を覚えるために散策し、そのついでに、マラソン大会の受付を済ませることにした。地図で見ると受付場所は、町の中心からそう遠くないので、歩いていくことにした。ところが、歩けども歩けども、着かない。

受付というのは、大会前日と前々日あたりに、出場ランナーが登録を済ませ、ナンバーカードと引き替えにゼッケンを受け取る場所である。東京マラソンなら、ビッグサイトがその会場になっている。たいてい、いろんなスポーツブランドが出店してウェアやグッズを売り、飲食コーナーもあり、お祭り状態になっていることが多い。

バレンシアマラソンのウェブサイトから印刷した地図と、ホテルでもらった市街地図と、スマートフォンの地図アプリを駆使して、受付場所付近までたどり着いたのは、町の中心から出発した一時間半後。ヨットやフェリーの停泊する海が広がっている。

歩くには遠すぎた……と思いつつ、受付会場をさがすが、それらしいものがない。カフェの前で煙草を吸っている若いおにいさんに、ウェブサイトから印刷した地図を見せ、「ゼッケンをもらう会場はどこか」と訊《き》いてみるが、彼は英語を解さないらしく、ただ地図をじーっと見て、「これはこの近所だが、どこかわからない。というより、どこにいきたいのか?」と、いうようなことを（たぶん）訊き返す。私はゼッケンと引き替えるナンバーカードを見せて、「明後日《あさって》の、マラソンの、マラソンの受付」と訴える。すると彼はぱーっと顔を輝かせ、「マラソン!」とうなずく。私が何を求めているのかわかったようである。私もぱーっと明るい顔で、「うんうん、会場はどこですか?」と重ねて訊く。しかし彼は大きな身振りで、「ほらあそこに黄色いラインがあるだろう、ランナーたちはあのラインに沿ってずーっと走っていくんだよ！」と、嬉々《きき》として（たぶん）教えてくれた。

この感じ、よくわかる。スペイン語のわからない私と、英語のわからない彼と、真ん中には「マラソン」というたったひとつの共通語だけがある。彼は自分の知っているマラソン関連のことを何か教えたいし、私もそれをわかって喜びたい。でも、私が知りたいのは、マラソンコースではないのだ……。

丁重に礼を言い、私はその場を離れてまた港をさまよう。それらしい建物（ビッグサイト的な建物）があると近寄ってみるが、会場ではない。うーん、どうしたらいいのか。と困っていると、エントリーをしてきたらしい男女二人連れが向こうから歩いてくるではないか。そうとわかるのは、おそろいのビニール袋を持っているから。そのビニール袋に、ゼッケンおよび参加賞のTシャツ、無料で配られるエネルギーチャージゼリーなどが入っているに違いない。私は彼らに走り寄り、「明後日のマラソンに出ますか？　受付はどこですか？」と訊いた。彼らもまた英語は解さないようだったが、「マラソン」に反応し、「マラソン？」「マラソンには私たちは出ない」と残念そうに首を振る。しかし私がナンバーカードを見せると、これまたぱーっと顔を輝かせて、「受付はあっちよ！」と（たぶん）身振りで教えてくれる。この道をまっすぐ、まっすぐ、まっすぐいってそして左、左をずーっといくと、白い、白い、白い、白い建物がある、そこよ！　とオーバーアクションで言う。ああよかった。やっといき着ける。礼を言ってそちらに向かう私に、二人は、「ブランコ！　ブランコ！　ブランコ！」とblancoを連発し続けていた。その真剣な顔を見ていたら、私は泣きたいような笑いたいような、何かわからないけれど熱い感動を覚えた。言葉で語り合えない人々が、たったひとつ、「これはわかる」という一言でなんとか理解し、理解されようとする、このささやかながら必死の力は、なんといとしいのだろう。それが正解であっても、とんちんかんなものであっても。

私は彼らの教えてくれたとおりに進み、白、白、白とつぶやいて、ようやく仮設テントを見つけた。ビッグサイトよりは断然ちいさいが、しかし駐車場らしき場所に大きな仮設テントがたてられ、テント内に入ると、見慣れた景色が広がっている。スポーツブランドが出店している屋台、群がる人たち、大きなコース地図、ランナーたちが意思表明を書きこめる大きなボード、去年のマラソン中継を映す画面、そしてずらりと番号順に並ぶゼッケンカウンター。ナンバーカードとゼッケンを交換し、これまた身振りで説明してもらったとおりにTシャツや参加賞のお菓子・エネルギーチャージ系・パン・日焼け止めらしきもの・絆創膏《ばんそうこう》的なもの……なぜそんなにいろいろ入っているのかわからない袋をもらった。

ラン当日、町の中心部から、港に近いスタート地点まで歩くのは無理だ、バスか電車に乗ってこよう、間違えないように、そのいきかたを予習しておこう。と思いながら、私は受付会場を後にした。……さて、その大会のことは次回に。

バレンシアで走る 2

大会前日、私は地下鉄の駅で地図とメモと手振りで駅員となんとかコミュニケーションをとり、スタート地点までのいきかたを知った。地下鉄でA駅までいき、そこから乗り換えて二駅。そこで降りると、前方に海が広がっている。昨日私がふらふらと歩き続けた港である。港を前にして右折していけば、昨日のおにいさんが「このラインを走るんだ!」と教えてくれた、スタート地点に出る。

ただ確認のためだけに私は港までいき、海を眺めてミルク入りコーヒーを飲み、そして逆の順路で電車を乗り継いで町の中心に戻った。予習は完璧《かんぺき》。これで明日は間違いなく、ただしい時間にスタート地点にいける。

……はずだった。

スタート時間は午前九時だが、どんな大会でも、だいたい一時間前にはその場所に着いたほうがいい。スタート地点周辺はごった返しているし、仮設トイレは長蛇の列。

ゼッケンに記されたアルファベット順に並ばなければならないのだが、スタート二十分前にはその仕切りの柵《さく》が閉められて、いちばん後ろにいかなければならなかったりする。なので、早めにいくにこしたことはないのだ。

私は念には念を入れて六時すぎにホテルを出た。早めにいって、朝ごはんもスタート地点のそばで何か食べようと思っていた。

ランニングウェアに、持ち物はホテルのカードキーと二十ユーロのみ。町はまだ真っ暗。人も歩いておらず、車も走っていない。でも手ぶらな上にランニングウェアだから、まったくこわくない。ずんずん地下鉄の駅に向かい、昨日の手順で切符を買って、改札に入る。と、改札内にぽつりとひとりいた女の子が「あなたマラソンに出るの!?」と、噛《か》みつくような勢いで話しかけてきた。その言葉ももちろんスペイン語なのだが、なぜかとっさに理解できた。彼女もランウェアだったからかもしれない。出る、出る、とうなずくと、階段下のホームを指して何ごとか叫ぶように言う。え？　え？　言葉はわからないが、何かよからぬことが起きているということはわかる。私がスペイン語をまったく解さないとわかったらしい彼女は、スペイン語を一言ずつ区切って、わかる単語だけ英語にして、話し続ける。「七時五十五分」という英語を聞いて、ピコーンと彼女の言葉がすべてわかった。

スタート地点までいく電車が出ていない、次に出るのは七時五十五分しかない、それでは間に合わないかもしれない、駅員をさがしているんだけれどだれもいないのよ！　と言っているのである。内容がわかった私は「どうしよう、どうすればいいの⁉」と叫びながら彼女におろおろと詰め寄った。「私だってわからないのよ！」と彼女も叫び返す。たしかに七時五十五分発の地下鉄で向かうと、乗り換えと徒歩を含め五十分くらいかかるから、スタートに間に合うかどうか、かなりきわどい。棄権したっていいじゃないかと思わないでもなかったが、ここまできて、しかも自分の意思ではなく棄権するのは、なんだかしゃくに障る。

ところで、この女の子はおそらく二十代の半ばくらいだった。私の半分くらいの年齢のはずだ。しかし、本当に困ってどうしたらいいのかまったくわからないこのとき、私には彼女がずっと年上に見えた。そしてきっと彼女にも、どうしたらいいのとすがってくる私は、同い年か、あるいは年下に見えただろう。そのような空気が私たちを一瞬にして結束させた。

なんというか、そういう「たましいマジック」とでも呼びたいような事象について、私はこのときはっきりと悟った。

私たちの心というのかたましいというのか、そうした奥深くの核は、ときに言語の違いを超えるし、年齢や性別を消しもする。たぶん、スポーツや音楽でものすごくがんばっているときにもこの事象は体験できるのではないかと想像するが、かなしいことに、私がそれを体験するのはいつもほとほと困ったときだ。

旅先でほとほと困った幾度かにおいて、私たちの言葉より年齢より性別より、育った文化より環境より、何かもっと強い共通項を人は持っているはずだ、とうすうすは思っていた。でもこの早朝の、無人の駅構内で私ははっきりとそれを確信した。困っている人間と、それをなんとかしようとする人間は、たましいだけでそれを乗り越える。そんなに大げさなことではない、言葉も文化も年齢も役に立たないから、たましいになんとかしてもらうしかないのだ。そのとき、私たちは、ひとつも理解できない言葉が急にたましいの力で翻訳されるのを知るし、向き合っている相手が何をしようとしているのか、あるいはどんな背景を持った人なのかまで、わかる。これこそたましいマジック。それは本当に存在する。

いやしかし、そんなことを確信している場合ではない。どうしよう、と私は言い、うーんだれかこないかしら、と彼女が周囲を見まわし、そこへ、まるで旅の神さまのごとく年若いカップルがジャージ姿であらわれた。ゼッケンをつけているし、まさしくマラソン組だ。私たちは駆け寄り、女の子が事態を説明した。三人は早口で話し合いながらスマートフォンを出し、ものすごい勢いで検索をくり返している。たぶん、バスやほかの交通手段をさがしているのだろう。こうなれば私はもう安心。幼子のように黙って彼らに付き従えばいいだけだ。

三人は、割り勘にしてタクシーでいくと結論を出したようである。いこう、と言われ、ついていく。車もほとんど通らない道で、それぞれの角に分かれて立ちタクシーを待つ。やってきた一台に乗りこむ。こうして無事、私たちはスタートの一時間ほど前にスタート地点に到着し、ランナーたちでごった返すカフェで朝ごはんを食べることもできた。

同乗した三人とは、タクシーを降りてすぐ別れた。ラン後に、私はなんとかして彼らを見つけてお礼を言いたいと思ったのだが、三人の顔も覚えていないし（というより、駅構内も明け方の町も暗くて顔をまともに見ていない）、何しろものすごい人の数で、向こうが私を見かける確率もほぼないだろう。

ところが、ゴールしてから、無料のドリンクを配っているカウンターに向かってふらふらと歩いているとき、向こうから、地下鉄の改札で会った若い女の子が歩いてきたのである。東洋人の参加者は少ないから向こうはすぐにわかっただろうが、私はなぜ彼女が判別できたのか、まったくわからない。でも「あっ、あの子」と思った。私たちはほぼ同時にぶわっと顔をゆるませて走り寄り、「さっきの！」「朝の！」「よかった！」「走れた！」「完走した！」「ありがとう！」と、言っているつもりで、しかし言葉にならないワアワアした叫び声を上げて、はたとおたがい真顔に戻った。今私たちは抱き合わんばかりな気持ちでいるのだが、そんなに親密な仲ではない、どころか、まったく知らない人だと急に気づいて、自分の盛り上がりようが恥ずかしくなったのである。てへへ、と私たちは照れ笑いめいた笑みを交わし、ただ、ガッツポーズと親指を立てるグッジョブポーズを交わして別れた。彼女は駅構内での私の印象より、実際ものすごく若かった。彼女もきっと、どうしようとすがりついてきた東洋人が、思いのほか年長で驚いただろう。でも私があして「彼女だ」とすぐにわかったのは、やっぱり、たましいがたましいを感知したのではないかと思うのである。

　こうして無事私はハーフマラソンを二時間十分で完走したのだが、滞在中に数度食べたパエリアも、ことごとくおいしかったことをここに書いておきたい。

ささやかな本質

ひとつの場所が大好きになって通い詰めるタイプの人たちがいる。場所にもまた、大好きになられて通い詰められるタイプの場所がある。その典型だと私が思うのは、ハワイ、台湾、香港。ヨーロッパに通い詰める人もいるが、移動時間が長いから、どうしても年に一、二度程度になる。でもハワイや台湾や香港は短時間でいけるから、一年に三度も四度も五度もいく人がいる。

私はハワイはハワイ島しかいったことがなく、多くの人が魅せられるオアフ島はまだいったことがない。ハワイ（オアフ島）が大好きでしょっちゅうそこにいっている人が言うには、「すでに空気にヒーリング効果がある」とのこと。べつの人も「いい気が充満している」と言っていたから、きっと実際にそうなのだろうなあと想像する。パワースポット的な何かが満ちた場所なのだろう。

台湾と香港は私も好きなところなので、通い詰める気持ちはじつによくわかる。実際に私も幾度となくいっている。しかしながら、通い詰める人というのは、私程度の「幾度となく」どころではなく、二十年前から通い詰めているとか、回数にすると三十六回目だとか、尋常ならざる通い詰めかたなのである。

友人が住んでいるから、彼女に会うために私も最近よく香港にいっている。昨年も機会があって二度いき、今年もまた、その友人とごはんを食べようと盛り上がって、冬の香港にいった。それでもまだ十回にも満たない程度だ。はじめていく場所よりも慣れているとはいえ、乗り物用ICカードを持ってきたつもりが台湾のものだったり、コインの種類がわからなくて支払いのときにもたついたり、スマートに払ったつもりがユーロコインを出していたり、なかなかスムーズにはできないことが多い。

それでもやっぱり、エアポートエクスプレスの窓からのっぽのビル群が見えてくると、旧知の友に会ったようなうれしさがこみ上げ、地下鉄の、異様にスピードの速いエスカレーターに乗れば、その旧知の友の悪癖を、久しぶりに見たような愉快さを覚えたりはする。

私がはじめて香港を訪れたのは十年前で、もちろんそのときから町のいろんなところが変わり、あたらしいショッピングセンターもモールも次々と建っているが、大まかに見ればさほどの変化はない。しかし二十年も前からしょっちゅう訪れている人にしてみれば、大きな変化なのかもしれない。二十年前といえば、ちょうど香港返還の年である。その前から香港を知っている人には、またべつの意味での大変化なのだろう。好きになった場所は、知れば知るほど、知りようのない顔を知りたくなる。人とおんなじだ。好きになった人のことは、会うことが不可能な子どものころまで知りたくなる。

幾度か旅して、地図なしでも町を歩け、地下鉄もなんとか乗りこなせ、どこでおいしいものが食べられるかわかるようになると、新鮮なできごとも驚くような事件もなかなか起こらないものだが、以前よりもより深く、その場所のことを理解するようにはなる。いや、「より深く」といっても、たいそうなことではない。もっとどうでもいいようなちいさなことだが、私にとってはなんだか非常にその場所らしい、本質的なこと。

たとえば、私はうすうす、香港の人というのは、あくまで自分の好みにおいて「めんくい」なのではないか、と思っていた。しかも好みの美男美女にたいして、あからさまに態度を変える。

はじめて友人数人で香港在住の友だちを訪ねたときのこと。みんなで上海蟹《がに》を食べにいったのだが、この店の女性スタッフが、私たちグループの美人につきっきりで、蟹の剝《む》きかたの指導をしたり、指導しながらぜんぶ剝いてあげたり、と彼女にだけ、やけに親切なのである。そしてその後、香港訪問のたびに、いろいろなレストランやマッサージ店や土産物屋で、グループ内のだれかしらがひいきされることに気づいた。ひとりだけおまけされたり、延長サービスがあったり、懇切丁寧にフォローされたり、といった具合で、毎回べつの人だが、その人はたいていてい美男か美人。

そして今回の香港。友人に連れていってもらったレストランで、英語はまったく通じない。ひとりたいへん無愛想な女性店員がいたのだが、私たちのテーブルに、友人の友人（香港在住の男性）があらわれたとたんにぱっと態度が変わった。「あなた前もきたわね」とにこにこと彼に言い、何月と何月にきたでしょう、と話しかけているらしい。「よく覚えてるねえ！」と彼が驚くと、女性はにんまりと「男前だから覚えてるよ！」と胸をたたきながら豪語した（訳してもらった）。「私のほうがしょっちゅうきているのに、まったく覚えていないらしい」と友人がぼやいていた。

やっぱり、この町の人たち――主に女性は、自分の好みに忠実で、しかもあからさま。うすうすそうなんじゃないかと思っていたが、今回それを実感した。

そしてもうひとつ。香港の人って短気なんじゃないかと、これもうすうす思っていた。ホテルの人も飲食店の人も、いろんなお店の人たちも、旅行者が接することの多い人たちのたいがいは、おおらかでやさしくて人間味にあふれている。エスカレーターの異様な速さや、バスやタクシーの運転の荒さから、せっかちな人たちなのだろうとは思っていたが、短気ということとも違うような気がしていた。でも、またしても今回の旅で実感した。短気な人は多いし、そしてその人たちは、短気であることを人前で隠さない。

朝食を食べに入ったお粥《かゆ》屋さんでのこと。奥のテーブルで、男女の従業員が黙々と、大盛りの肉あんから肉をすくって餃子《ぎょうざ》を作っていた。ものすごい量だなあと、でき上がっていく餃子を見て思っていたのだが、女性のほうが突然沈黙を破って何か話し出した。独り言のようだが、その声が大きい。中国語って怒っているみたいなイントネーションだよな、と思っていると、彼女はえんえん、餃子を包みながら声を上げ続けている。どうやら、本当に怒っている。不意に立ち上がり、満席のフロアを突っ切り、入り口脇の厨房《ちゅうぼう》前に仁王立ちし、厨房の奥に向かって叫ぶように何か言い続けている。客が全員振り返って彼女を見るが、おかまいなし。ずーっと何か言っている。ずーっと。すごい。十分ほど厨房に向かって叫び続けると、またしても大声で何か言いながら作業中のテーブルに戻り、餃子を包みはじめる。まだ叫んでいる。まだ怒っている。私が粥を食べ終えても、まだ続いている。二十分以上。

粥を食べてしまったので店を出たが、彼女はまだ怒っていた。すごい。やっぱり香港の人は短気だ、と思ったのだが、いや、あんなに怒り続けることができるのは、短気というのともちょっと違う気がする。

めんくいで、それを隠さないことと併せて考えると、つまり香港人の気質に「おそろしいほど自分に正直」ということがあるんだろうな、と納得した。本当にどうでもいいような理解であるが、でも、私はこの町の本質をちょっと知った気がしてうれしいのである。

恒例化の謎

決まったメンバーである場所を旅すると、毎年恒例になる、ということが増えた。香港がまさにそうだ。数年前の秋、何人かで香港にいる友人を訪ねたのだが、それ以後、毎年秋が近づくとだれかがかならず「今年は香港、いついこうか」と言い出して予定を決める。同じような感じで、ここ数年、グループAとは八丈島《はちじょうじま》にいき、グループBとはタイにいっている。グループCとは、数年続けて韓国にいき、これも恒例となる気配だったのだが、ある年みんなが忙しくていけない年があり、それきりになってしまった。

「恒例にする」というのは、たぶん、中年以降の年齢層の癖ではなかろうか、と思うようになった。

少なくとも若いころの私には、こういった「恒例癖」はなかった。私は幼少時から伊豆《いず》が好きで、自分でも驚くほど大好きで、夏になると毎年伊豆に向かっていた。しかしそれは「恒例行事」というよりも、夏になると海にいく、という程度のことでしかなかった。いくメンバーはそのときそのときによって違ったし、その夏に三回いくときもあれば、一度しかいけないときもあった。

「恒例」というのはもう少しきちんとした型がある。同じ顔ぶれ、同じ季節、同じいき先などを、きちんきちんとくり返す。

私が若いころ参加していた「恒例」は、一泊の温泉旅行だった。主催は当時六十代のバーのママさんと老編集者。とりまとめは若い編集者がやっていた。冬にみんなで温泉にいく、というのが恒例行事だった。作家と編集者、多いときは二十人ほど、少ないときは八人ほど。いき先も、数年は同じ場所だった。中心メンバーの顔ぶれは変わらず、あとは、新しい人が増えたり、あるいは減ったり。マイクロバスを借り切って、バスに乗った時点から酒盛りがはじまって、夜更けまで飲んで、翌日、朝っぱらからまた飲んで、ちょこっと観光してバスで帰ってくる。数年で、いき先の温泉は変わって、関東近郊の各地にいくようになった。あれは高齢者がまさに恒例化させていたのだ。

この恒例は二十年以上続いた。こなくなったメンバーもいれば亡くなるメンバーもいて、最後は六、七人になった。二十代で参加した私は、最年少のままなぜか最後までいた。最後のあたりは、みんなびっくりするほど酒量が減った。

中心メンバーの高齢化が進み、何人かの病気や入院が重なり、三年ほど前に温泉にいったのを最後に、この恒例も終わったかもしれない。今では都内で集まって食事をする程度だ。その都度、今年は温泉にまたいこう、とだれからともなく言い出すのだが、なかなか実現しない。

この恒例温泉について、私はとくに何も考えずに参加していたのだが、これぞまさに、「恒例」と「恒例の終わり」のよき例である。

香港や八丈島は、友人グループといっしょなので、だれとはなしに「今年はいつにする？」と言い出して、恒例が続く。しかしながら、私ひとりの場合も、無意識に恒例化しようとする気分がある、と気づいた。たとえば、昨年はマドリッドマラソンに参加した。昨年末近くに、「来年のマドリッドマラソンの日程はいつか」と調べて、その日に東京で仕事があるとわかり、「ああ、今年は参加できない、残念」と思っている。もし東京で仕事がなければ、おそらく私はまたマドリッドに走りにいっただろう。恒例化はこうしてはじまるのである。もし私がまだ三十代の半ばだったら、べつの地で行われるマラソン大会をさがしたはずだ。一度いったところにまたいって、同じ道を走るなんてつまらない、と考えたはずだ。

なぜ人は、加齢すると旅を含めてものごとを恒例化しようとするのだろう？　かなり真剣に考えてしまった。

それは人生の時間と関係がある気がする。人生において、もっとたくさん知る時間がある、ということと、たくさん知っている時間はもうない、ということの、単純な違い。それに加えて、来年も再来年も、今と同じ状態でいたいという願望と、そんなに永久にはくり返せないという安堵《あんど》にも似た諦観《ていかん》が、恒例化には関係しているように思う。

たとえばの話。親しい友人たち四、五人で、「越前《えちぜん》ガニを食そう」と一泊旅行に出かけたとする。それがいくらたのしくておいしい旅でも、二十代だったらば、「来年も」とはならない。よしんばなったとしても、「これから毎年」には、ならない。どちらかといえば、「ああたのしかった、今度はどこにいこう？」となるのではないか。まだまだ先は長いと、二十代は無自覚に知っている。越前ガニよりおいしいものは山とあり、それらを味わい尽くすのに、時間は有り余るほどある。同じ体験、同じ快楽をくり返す必要がないのだ。

しかしそれが五十歳だったら。越前ガニよりおいしいものがあるのは知っている。でもそれらより、越前ガニが何かの点でまさっていると経験上わかる。越前ガニよりおいしい、未知のものがあるだろうこともわかる。でも、失敗している時間はない。だから「今度はどこいこう?」とはならない。賭《か》けるより、確実なものを選びたい。さらに、今年たのしかったことを、来年も再来年もたのしみ、今年おいしいと思ったものを、来年も再来年もおいしいと思いたい、という願いを、その確実さに託しているように思う。

二十代で何かを恒例化すると、「この先どのくらいくり返さなくてはならないのか」と、先の見えない約束にうんざりするが、五十代だと、「三十年は続かないだろう」とどこかで思っているし、さらに経験上、こういう恒例ものがぱっと終わることも知っている。ぱっと終わっても、さほどかなしくないことも知っている。だからなおのこと、恒例化はしやすいように思う。

恒例化したものは、長引くものは本当に長引き、件《くだん》の温泉旅行のように二十年も続いた後に、まさに高齢化によって終焉《しゅうえん》を迎えたりもするが、三、四度くり返したあとにぱっと終わることも少なくない。たまたま日程のタイミングが合わなかっただけで、あっさり終わってしまう側面も持つ。加齢すればするほど、そんなことにこだわってはいられなくなるのだろうとも思う。なんとかみんなで調整して、がんばって恒例を続けるよりは、あたらしい何かを恒例にしたほうが手っ取り早い。

そんなわけで、私も最近は、マラソン大会に参加するでも、どこか旅するでも、「恒例になるかもしれない」という思いがくわわって、前よりいっそう慎重に考えて選ぶようになった。

光景のパワー、人のパワー

運転免許があれば、私の旅はどれほど変わっただろうかとよく思う。旅が変わる、ということは、世界観が変わる、ということで、つまりは人生そのものが変わることでもある。

じゃあ取得したらいいではないか、運転免許くらい。とよく言われる。たしかに、「この人に車を運転できるはずがない」と私が思う友人でも免許を持っているし、四十歳、五十歳を過ぎて免許を取ったり、ペーパードライバーを克服して運転をはじめる人もいる。でも、自分のことだから私にはわかるのだ。私に運転は無理だし、その無理を押し通せば深刻な不都合が生じる。それは確実にわかる。だから取ろうと思ったことがない。

運転免許がなくとも、東京に住んでいるかぎり不便は感じない。また、車社会で暮らしたことがなく、車の便利さを享受したこともないから、旅先でも「車があればなあ」とさほど思わずにいた。とくに海外は、ハンドルの位置や車線や、運転常識が異なっていそうでおそろしいし。

二十代のころ、毎年夏になると友人の車で海にいっていたのだが、伊豆であろうと九十九里《くじゅうくり》であろうと大洗《おおあらい》であろうと、いき先が海であれば道はかならず渋滞していた。それを避けるため、午前四時とか五時といった超早朝に東京を出る。帰り道も混むからまだ日の暮れない夕方くらいに海を去る。なぜ車でいくんだろうなあと私は少々不満に思っていた。電車でいけば渋滞はないし、トイレの心配もいらないし、車内で飲みはじめたり、トランプしたり、楽しく過ごせるのに。そう思うのはきっと、私が車のない家で育ち、車の便利さを知らないまま大人になったからだったのだろう。

いやいや、やっぱり車は便利だ、車でないといけない場所はたくさんあると実感したのは三十代になってからだ。二十代のときよりも行動範囲が広がって、旅先でもいきたい場所が増えて、そう思うに至ったのだと思う。バスやタクシーが頻繁に通るところならばそれらを使えばいいが、バスはなし、タクシーもめったに通らないような場所にいくには、私にとっては徒歩しかない。

この二年ほど、雑誌の仕事で東北を旅している。三カ月に一度、同じメンバーでの旅で、主要駅まで新幹線でいき、そこからレンタカーを借りて各地をまわる。

先日、石巻《いしのまき》に宿泊し、翌日は福島を目指して走った。窓の外の光景がなんだか急に変わったので、思わず見入り、「なんだろう、このきれいなところ」とつぶやいた。それだけ波のない海に、いくつも島が浮かんでいるのが、木々のあいだから見える。そのほかのたの光景なのだが、なんだか吸い寄せられるような力強い魅力があって、そのほかのただうつくしい景色とは何かが異なるのである。私のつぶやきを聞いた同行者が「ああ、松島《まつしま》ですね」と言う。観光地らしい。しばらく走ると、お土産物屋と飲食店が軒を連ね、大勢の旅行者が歩いていて、たしかに観光地然としている。

観光地とはなんぞや、とつい考えてしまったのは、この有名な場所を私が知らなかったせいだろう。昔々からその場所が群を抜いてうつくしいから人が集まり、観光地認定されるのだろうか？　人でにぎわう中心部よりずっと手前で、私がつい惹《ひ》きつけられたのは、その群を抜いたうつくしさゆえ？　それとも、観光地となったからこそ得たパワーがあるのか？　そこに集う旅人が作り上げるパワーが、場所に魅力を与えているのか？

この有名な美観について何も知らない私を気の毒に思ったのか、同行者は、奥松島《おくまつしま》に向かってくれた。松島湾を、松島と反対側から眺める観光スポットらしい。駐車場から、小高い山を歩き、大高森《おおたかもり》展望台に向かう。さっき車窓から見た観光地とはまったく異なり、駐車場にも車は停まっておらず、この山道にも人の姿がない。十分ほど山道を上がると展望台が見えてくる。

三百六十度、じつにうつくしい景色が広がっている。静かな海面と、幻のように浮かぶ大小の島々。海は碧《みどり》と表現したくなる澄んだ青さで、波打ち際には白い波がちらちらと見える。どの方向を見ても、どのくらい見ていても、飽きることがない。地球が丸いことが自分の目でわかる。うつくしさでいえば、さっき見た松島よりもっとずっと見応《みごた》えがある……ような気がする。けれども先ほどの人出に比べると、なぜ？と首を傾げてしまうほど人の姿がない。

もしかして、さっきのように通りすぎる車窓からこの奥松島を見ても、吸い寄せられるようなことはなかったかもしれない。ただ、そのほかのきれいな場所と同じく、海の色がきれいだなとか、そんなことを思うだけで通りすぎたのではないか。

もちろんもともとその光景がうつくしいから観光地となるのだろうけれど、そこに人が集まるようになって、お店なんかもたくさんできて、ちょっと下世話な感じも加わって、それでこそ生じる場所のパワーがあるのではないかと、この奥松島を見て私は考えた。

パワースポットというのは、磁場がある場所、エネルギーのある場所のことをいう。

場所と個人との相性もあると思う。私もたびたび訪れた各地で、「ここはなんだかすごい気に満ちている」と思うときもある。それは、観光地でなくても、ほかの旅行者がいなくても感じる。

それらとは異なるパワーが、人でごった返す観光地にもきっとあるのだと思う。場所の持つうつくしさや磁場よりも、そういう場所では人の力のほうがまさっていて、そのパワーを通りすがりの人間も感知できるのに違いない。

松島は、仙台《せんだい》から東北《とうほく》本線や仙石《せんせき》線に乗り換えて松島駅からいくことができる。奥松島は、最寄り駅からタクシーに乗らないといけない。私も今回、車でなければ奥松島にいくことはできなかったろう。観光地と場所のうつくしさについて、考えることもなかったろう。そう思うとやっぱり、運転免許を持っていないせいで、私はずいぶんかぎられた旅をし、かぎられた思考のなかにいるのだなと思わずにはいられない。

花見熱

三月の半ばを過ぎるとそわそわする。テレビでは、どこそこでは桜が開花したとか、東京の開花は何日くらいだとか、言いはじめる。それで、というわけではないだろう。もっと自分でも説明のつかない感じでそわそわするのである。

ところで「花見」と言うとき、はっきりと二通りの意味がある。「花を見る」花見か、「花の下で酒を飲む」花見の宴《うたげ》か。私にとって花見とは、イコール花見の宴だったので、長きにわたってある種の友人たちとは話がかみ合わず、話がかみ合わないことにも気づかないでいた。花見をしようと誘われて、食べものと酒持参で出かけていき、相手に驚かれたことがある。その子は、ただ満開の桜の下を歩いたり、ベンチに腰掛けたりしよう、と言っていたようだ。

桜の季節には、花見をした？　と訊《き》かれるけれど、これもまた、花を愛《め》でたか、という意味と、花の下で酒を飲んだか、という意味に分かれるが、訊くほうは意味が分かれていることに気づいていない。

大学を卒業したあたりから、私はずっと花見の宴をしている。友だち主催の宴に混じっていたこともある。自分が主催していたこともある。花見の宴というのは、一度はじまると、不思議なことに何年か続くことになる。あまりに強烈な宴だと一度きりで終わることも多い。泥酔者続出とか、けが人が出たとか、ほかの花見客と殴り合いになったりとか、そういうことがあると、恒例にはならない。

いちばん熱心に花見の宴を催していたのは二十代の半ばから三十代のはじめにかけてだ。花見にたいして並々ならぬ気概でもって向き合っていた。日にちを決め、何人もに声を掛け、前日から料理の用意をし、当日の昼過ぎに場所取りをし、まだ明るいうちから集まる。宴がにぎやかであればあるほど気持ちが安らかになった。

この宴は何年か続いて、自然になくなった。その後私は友人の主催する、川縁《かわべり》の花見に出向くようになった。その川縁は桜並木がみごとで、当然花見の時期、川沿いのスペースは花見客で埋まる。友人のひとりが川沿いのマンションに住んでいたので、いつも彼が場所を確保してくれていた。夕暮れから集まって、十時過ぎまで飲む。このころ、デリバリーのピザが花見客にも届けられるようになった。携帯電話の普及と連動していたのだろう。

この友人主催の花見も恒例となって、十年くらい続いた。どういうわけだかぱたりと終わり、それきり催されることはなくなった。

うまい具合に、バトンタッチするかのようにべつの友人がべつの場所で花見の宴をはじめるようになり、私は今度はそちらに交じらせてもらう。こちらの宴は、私の住まい近くの公園で、ここもまた桜の名所だが、桜の時期でもさほど混んでいない。私はこの花見に、ジンギスカンセットを持って参加していた。

このジンギスカンセットの存在は、遠野《とおの》を取材旅行したときに知った。ところどころ側面に穴のあいたブリキのバケツに、固形燃料を入れ、その上にジンギスカン鍋《なべ》を置く。これがけっこうきちんとしたバーベキューセットのようになって、鍋できちんと羊肉も野菜も焼ける。バケツと鍋、羊肉と野菜、紙皿とタレを持って私は花見会場に出向いていた。

このように、いっときに比べたら多少は冷めたものの、それでも私の花見熱は三十年近く、ずっと続いていたのである。ところが、この数年、花見への気概も気力も、嘘のようになくなってしまった。友人は今も宴を企画してくれるので、私も出向く。しかし前もって羊肉を取り寄せたり、ジンギスカン鍋を持っていったりするのが、億《おっ》劫《くう》でしかたがない。そうして以前ならば四時間でも五時間でも、花の下のビニールシートに座っていられたが、今は一時間も座っていたくないのである。これはいったいどうしたことか。花見への熱量にはひとり一生ぶんの持ちぶんがあって、私はそれを使い果たしたのだろうか。

ありがたいことに、この友人主催の宴では、だれかが大量の食べものと多種多様の酒を用意してくれている。二十人から三十人くらいがお昼から集まって飲んでいる。私は宴も終わりの夕暮れどきあたりにそっと参加するだけになった。

花見熱がこうして冷めてみて気づくのは、桜の満開の時期は本当に一瞬だ、ということ。しかもその年によって二十日くらい平気で早まったり遅くなったりする。テレビの開花宣言や満開予想などはまったくあてにならない。同じ敷地にあっても、ある桜は早々と花開き、ある桜はまだつぼみのままだったりする。まして町や区が違えば、開花時期も違う花のごとく異なる。ぱあっと、みごとにぜんぶが咲き誇って、視界がかすんだようになるのは二日間か三日間程度ではないか。この短いあいだにばっちり花見の宴を催せる人は、運がいいか、あるいは並々ならぬ気概でもって作戦を練っているかのどちらかだと思う。

花見の宴をしようとなると、参加者が多ければ多いほど、つぼみがまだかたいうちから日程を決めることになる。今年の花見なども三月のあたまには決まっていた。だいたい去年の満開時期を思い出して、あとはみんなの日程を合わせて日にちを出すようだが、この日にちと、完全満開が重なったことはただの一度もない。まだ咲いていないか、もう散っているか。

そんなことに今まで気づかなかったのは、やっぱり、花より宴に気持ちがいっていたからだろう。人が集まれば、食べものと酒があれば、花などつぼみでも葉でもよかったのだ。宴の熱が冷めてようやく、私は顔を上げて花を見るようになったのだろう。

満開の桜というのは、何か異様な迫力がある。一本でも、並木でも、思わず立ち止まって、ときには声まで出してしまうような、すごみがある。単純に年齢で考えると私はもう五十回以上も春を迎えていて、ものごころついてから、と考えても四十回以上は満開の桜を見ているのに、それでもまだ、驚いてしまう。

桜の名所であり、また花見の宴の名所である公園が、隣町にある。四月のあたま、桜はどのくらい咲いているのか気になって、この公園までランニングをしてみた。まさに、すべてがばあっと完全満開、花見の宴は今日が最高というミラクルタイミングだった。驚いたことに、公園の敷地がほとんど見えないほど、たくさんのビニールシートが敷いてある。みな花見客だ。場所だけとってある無人のビニールシートもあれば、場所とり係なのだろう、広々としたビニールシートの真ん中で寝ている人もいる。

車座になってもうすでに飲みはじめている人もいる。朝の七時である。なんだか旅行者のような気持ちになって、この人たちクレイジー！と心のなかで叫んでしまった。私もまた、こんなふうに花見熱に浮かされる日がくるのだろうか。きてほしいような、そうでもないような……。

場所も生きている

二〇一五年に、二十年ぶりくらいに夏休みがとれて、タイのパンガン島にいった。そして私はその島の「夏休み感」にどっぷりと魅了されて、その後も、短い休みがとれればこの島を目指している。

サムイ島からフェリーで向かうのだが、パンガンにフェリーの発着場は二ヵ所ある。トンサラ港とハード・リン港で、この二つの港周辺が島でもっともにぎやかなところだ。ハード・リンはリゾート地で、居並ぶレストランや食堂もみな観光客向けだ。トンサラはもう少し町らしい雰囲気で、もちろん観光客も多いが、ハード・リンほどではない。

ハード・リンは海に向かって細長く突き出た半島のかたちになっていて、東と西にバンガローや飲食店が集中している。日の出が見える東側がそのままサンライズビーチ、夕日が見えるのがサンセットビーチという名称だ。サンライズビーチは遠浅で、泳ぐのには適していないが、サンセットビーチは白い砂浜も広く、海水は澄んでいて、藻もなくなまこもいない。しかしこの海には魚がいない。ずいぶん沖へいっても魚と遭遇しない。だからシュノーケリングではなく、海面に仰向《あおむ》けになって浮いているのがたのしい。波がほとんどないので、いつまででも浮いていられる。

この島に公共の乗り物はなく、島内での移動は、ボートタクシーか乗り合いタクシー、あるいはレンタルバイクになる。シュノーケリングがしたくて、それに適したビーチをあちこちさがし、結局、島のいちばん北側にあるビーチがもっともいいという結論になった。滞在しているハード・リンからこのビーチまで、タクシーで四十分ほどだ。

ハード・リンは（この島のなかでは）たいそうな繁華街だが、この北側のビーチは何もない。いや、実際は何もないわけではなくて、海の家のようなレストランが一軒、カフェが一軒、少し離れたところにこぢんまりとしたバンガロー群があるが、それぐらい。商店も旅行代理店も屋台もない。もしここに滞在したら、海を眺め、海で泳ぎ、一軒ずつあるレストランとカフェで食事をし、酒を飲むしか、やることがない。そういう旅を好む人は欧米人に多い。日本人を含むアジア人は「しか」ない系の滞在は往々にして苦手だ。だからだろう、このビーチにそもそも人は少ないのだが、その少ない人たちは欧米人ばかり。

この海はすばらしい。岩場が多いのだが、親切な旅行者が砂浜にタイヤを埋めて、「ここから海に入れば岩場を通らないですむ」という目印を作ってくれている。たしかにそのタイヤの真ん中から先は、海中に岩はなく細い砂だけの道が沖へと続いている。

まだ海水が膝《ひざ》あたりの浅さで海面に顔をつけてみても、もう魚がいる。奥にいけばもっともっといる。小指の爪よりもっとちいさな魚もいれば、サバくらいの大きさの魚もいる。目がまるまると大きな魚、透けるような白地に黄色い線がすっと入った魚、蛍光ブルーの縞《しま》が入った魚、種類も多く、なぜかどの魚も、近づいても逃げることなくじっとこちらを見つめてくる。ときどき群れに遭遇する。「わああ」と海中でつぶやいてしまうほど、圧巻の眺めだ。

海の家然としたレストランの人たちも親切で、荷物を預かってくれたり、タクシーの手配をしてくれたりする。料理もおいしい。店主は「はじめまして」と「ありがとう」だけ日本語で言えて、日本人と見るや「はじめまして！」と声を掛けてくる。「はじめてではない、去年もきたのだ」と説明すると、覚えていないのだろう、ごまかすように笑う。

私にとって、流れる時間も坂道も夕暮れも、店々の人たちも犬猫も、陽射しも湿気もスコールも、すべてが「夏休み決定版」といったこの島に、昨年はいくことができなかった。今年、短い休みをとって、二年ぶりにこの島を目指した。

たった二年だが、いろんなことが変わっている。未舗装の道が舗装され、海への近道だった細い道が封鎖され、そのわきにやはり舗装された立派な道路ができて、山の上へとのびている。山も整備され、山の上か山を越えたところにあたらしいバンガローができたのだろう、まあたらしい看板がたっている。以前あった雑貨屋が取り壊されて、ぴかぴかの銀行になっている。いくつかの建物も建て替えるのだろう、壊されたままだ。島に流れる時間がゆっくりなのに、この島の人たちは勤勉で、あっという間に建物を建て替えたり道を舗装したりしてしまうのだ。

もっと驚いたのは、魚のたくさんいる北側のビーチにいったときだ。乗り合いタクシーでビーチまでいき、「着いた」と運転手に言われても、景色に見覚えがない。間違いないかたしかめてバンを降りる。あたり一帯、まあたらしいバンガローが林立していて、その向こうに海が見える。海まで出ると、なんとなく見覚えがあるが、しかし海を背にして砂浜を見ると、まったく知らない光景が広がっている。ビーチまでせり出すようにして居並ぶバンガロー、その真ん中で巨大な穴を掘る重機、奥になんだか洒落《しゃれ》たカフェ、レストラン、そして砂浜にずらりと並ぶ屋外マッサージの東屋《あずまや》。

しかし運転手が間違いないというのだから、ここが私の知っているビーチなのだ。たぶん、ずらりと並ぶバンガローもカフェもこの二年のあいだにできたものだろう。その工事は未《いま》だに終わっていないから重機が穴を掘り続けているのだろう。ではあの「はじめまして」「ありがとう」の店主がいるレストランはいずこに？　あたらしいカフェで尋ねてみると、なんと、今重機が掘り進めている穴の上に、レストランはあったのだという。できたばかりの洒落たカフェもレストランも、働いているのは若い人ばかりで、かつての店主の姿はどこにもない。荷物を預かってくれるような、のんびりのほほんとした雰囲気でもない。砂浜にマッサージ用の東屋が並んでいるところなど、サムイ島の有名スポット、チャウエンビーチのごとし。

開発しているなあ、と実感する。たった二年で、こんなにも変わってしまう。フェリーの発着所から遠いから、宿泊客も今まで少なかったのだろうけれど、さらに開発されて便利になれば、このビーチもまた、ハード・リンのような繁華街になっていくのかもしれない。

以前も書いたけれど、その変化は、私がこの島に感じる夏休み感や、この島が持つ本質的な魅力を損ねたりはしないと知っている。だから、急激な変化に驚きはするけれど、かなしくはない。さみしいのは、「はじめまして」のおじさんに会えなかった、ということくらい。

私の愛するこの島のいろんなところがどんどん変わっていく。場所もまた、人と同じように生きていて、変化し続ける。かつてはそういうことを私はネガティブに捉《とら》えていた。変化はかなしく、嘆かわしいことだった。でも今は、できるだけ知っていたいと思う。ひなびたビーチだったころを知っていてよかった、急激な開発の途中の段階で見ることができてよかった。だからこの先も、変わりゆく光景を見て、知っていたい。もし五年、十年と間隔をあけてしまったら、この島はあっという間に知らないところになってしまうだろう。そのくらい変わってしまうだろう。だから、知らないところにしないために、見続けていたい。

ビーチの景色が急激な変化を遂げても、海のなかはあいかわらず魚天国だった。この魚天国だけは、変わらないでほしいと願ってしまうのだが。

東京の島

数年前、飲み仲間と八丈島に釣りにいこうという話になった。それ以来、梅雨入りの前か後に八丈島いきを計画するようになった。

とはいっても私自身は釣りに興味がない。むしろあんまりやりたくない。船酔いがこわいし、ときどき餌がこわいし、釣れた魚を持つのもこわい。釣り好きの夫はみんなといっしょに早朝便で八丈島に向かうが、釣りをしない私は昼の便でのんびりと出発する。

八丈島は羽田《はねだ》空港から飛行機で一時間弱かかるが、東京都である。もちろんその知識はあったけれど、島に着くと不思議な気持ちになる。空港から一歩出ると、陽射し、湿度、空気、それから木々や植物の形態が、まったく知らない種類のもので、わあ旅にきたなあ、という感慨を抱く。けれども走っている車は品川《しながわ》ナンバーで、都知事選のポスターが貼ってある。その日常感と、景色の旅感が、私のなかでちぐはぐなのだ。

島内を走るバスはあるが、本数は少ない。歩いている人がいないのは、みんな車で移動するからなのだろう。

二年前はシュノーケリングのコースを申しこみ、みんなが釣りにいっているあいだ、ウエットスーツを着て海に入った。前日が雨だったからか、海の透明度は今ひとつだったけれど、視界に入るのは見たこともない魚ばかりだった。驚いたのはキタマクラという名前のフグがいること。そのまんまの名前すぎるではないか。このときは泳ぐウミガメを見ることもできた。

その年は、泊まった翌日が曇りで、八丈富士《はちじょうふじ》は霧に覆われていた。夕方の便で帰る予定だった私たちは、前夜の酒の残りで、みなむくんだ顔で朝食を食べていたのだが、ひとりがふと携帯電話を操作しはじめた。天気予報ではこれから雨になるらしい、これから島を出る飛行機はみな欠航になると言う。じゃあ帰りは明日になるのか、今日一日、私たちは何をして過ごせばいいのだろう、とぼんやり考えていると、あれよあれよという間に、今すぐ宿を出て船で東京に帰るという話がまとまっていた。朝食の残りを掻《か》きこむように食べ、それぞれ身支度帰り支度を整え、全員で宿をあとにしたのはそれから五分ほどあと。全員無事東京いきの船に乗ることができた。

こういうとき、私は本当に、世界のいろんなことが滞りなくまわっているのは、そのどこにも私が関わっていないからだ、と実感する。まだ雨が降っていないのに、というより、目の前にごはんや焼き海苔《のり》や鯵《あじ》の干物があるのに、午後からの天候や飛行機のことを考えられる人こそが、この世界の多くのことを動かしているのだ。

東京までは船で十時間。私は二日酔いのために寝ていたのだが、ふと起きて、窓をのぞくと海面をイルカが弧を描いてジャンプしながら泳いでいる。それも一頭や二頭ではない、ものすごい数。嘘だあ、と思いながら甲板に出た。いや、ちゃんと泳いでいる。曇天の下、無数のイルカがそれぞれの体に見合った半円を描いては進んでいく。

……という光景を私はたしかに見た気がするのだが、あまりにうつくしかったので、じつは夢ではなかったかと今でも疑っている。

今年も八丈島にいけることになった。この日の夜は、釣りチームのひとりともともと親しかった漁師さんとバーベキューをすることになっていた。私はてっきり、島のどこかに道具類をすべてレンタルさせてくれるバーベキュー場があるのだろうと思っていた。

その場にいって驚いた。防波堤の脇に車が駐車できるようなスペースがあり、そこに大きなテントがたっている。運動会で教職員たちがずらりと居並ぶようなテントだ。板とビールケースを組み合わせたテーブルと椅子が並び、家族連れを含め、赤ちゃんから高齢者まで二十数人、すでに和気藹々《わきあいあい》と飲みはじめている。漁師さんの友人たちらしい。私たちのチームは十数人。けっこうな大宴会だ。

即席テーブルには、尾頭付きの金目鯛《きんめだい》やほかの鯛などのお刺身がずらり並び、お手製の島寿司《しまずし》が並んでいる。焼いたトコブシや焼いたたこうな(細いタケノコ)が、青《あお》ヶ島《がしま》の塩とともにまわってくる。乾杯が終わると、島の人が島の歌をうたう。まるまると太ったカツオを、海沿いに作った簡易キッチンでさばきはじめる人がいる。東京からの旅人のために、今朝釣ってきてくれたのだという。このカツオ、身がもっちりしていて、臭みがまったくなくて、塩で食べても醬油《しょうゆ》で食べてもにんにくをつけてもつけなくても、すばらしくおいしい。太陽が山の向こうに沈むと、テントに明かりがともる。まるでお祭りの縁日だ。

この駐車スペースから坂道を上がると、トイレがあり、無料の足湯がある。私は幾度かトイレにいき、坂道を下りながらふと空を見上げてみた。北斗七星がはっきりと見える。そして何か光る虫がふわーっと飛んで、ふと消える。またふわーっと光って、消える。蛍だ！　と、近くにいた友人たちに言うと、みんな蛍だ蛍だと喜んでいる。が、冷静なひとりが、あれは蛍ではなくて、蛾が街灯に照らされたり、光の外に飛んでいったりしているだけ、と言う。

そんなふうに幾度かトイレにいって、坂を下ってバーベキュー場に戻る、その途中で、私は突然ものすごい多幸感に包まれた。立ち止まって空を見上げる。東京よりは深い色の夜空と星。そのまま目線を下に向けると、油のようにてらてら濃く見える海面。そして人の笑い声、明かり、何かを焼く煙。

旅だ、完璧《かんぺき》だ。自分が旅と一体化している、そのことの幸福に指の先までじわじわと満たされる。すごい。なんかすごい。あまりに満たされると、もうシンプルな感想しか出てこない。

でも同時に、私はすでに知っている。これは今ここでこの一瞬だけのまやかしみたいなもので、あとになって思い出すと、なんであんなに多幸感を覚えたんだろう？と首をかしげるようなことなのだ。明日にはすでに、今のことを思い出せば、馬鹿みたいだったたな私、と思うに違いない。このじわじわくる万能感にも似た多幸感は、そのくらい、はかない錯覚なのだと知っている。旅だけが感じさせる錯覚である。

それがわかっていてもなお、私はうれしかった。旅の馬鹿げた高揚感自体、感じるのは久しぶりだった。どんな条件が揃えばこういうふうになるのかわからないけれど、もうちょっとこれを味わって、それからみんなのところに戻ろう。そう思ってずっと馬鹿みたいににやつきながら立っていた。

サファリとパンダとイルカの旅

ふいにサファリパークにいきたくなった。とはいえ、私は一度もサファリパークにいったことがなかった。きっと、車に乗ってジャングルのようなところを走って、キリンやライオンや虎を見てまわるのだろうと想像していた。想像してしまうと、猛烈にいきたくなる。東京からいちばん近いサファリパークは富士か那須《なす》だろう。

しかしながら私は国内旅行計画がたいへんに苦手だ。サファリパークというのは、おそらくたいていの場合、電車の駅から離れたところにあるのだろう。自動車でいくのがいちばん便利で、自動車に乗れない私のような人間のために、きっと電車の駅からシャトルバスが出ている。そこまで考えて、「無理だ」と思ってしまう。なぜなのか、自分でもわからない。最寄りの電車の駅まで電車を乗り換えていく、そこからシャトルバスに乗る、と考えただけで、「私にそんなことができるはずがない」と思ってしまい、結局、サファリパークのアクセス方法を調べることもしないのである。

とすると、私は一生サファリパークにはいけないことになってしまう。しかし解決策がひとつある。会う人ごとに、「サファリパークにいきたい、すごくいきたい」と言い続けるのである。とはいえ会った人だれでも、というわけにもいかない。親しい人にかぎられる。そうすると、その親しい人のうちだれかしら、「えっ、私もいきたいと思っていた」と言い出してくれる。そして世のなかのほとんど全員、私よりは国内旅行計画がうまいし、実行力がある。

そんなわけで、私はこの三年ほど、サファリパークにいきたいとことあるごとに言ってきた。何度か、その場で盛り上がり、「いこう」という話になりつつも、実現せずに月日は流れた。

その間に一度、私はサファリパーク的なところにいっている。スリランカのヤーラ国立公園である。ここにいくのに、コロンボからゴールまで列車でいって、ゴールからマータラまでバスでいき、そこからミニバスでティッサマハーラーマという町にいく。このちいさな町がヤーラ国立公園の近くにあり、町を歩いているだけで日に五十回は、「サファリツアーしないか」とスリーウィラーの運転手から声を掛けられる。私は宿泊したホテルでツアーを申しこみ、荷台に座席を取り付けた車に乗ってサファリツアーをした。自分でも恥ずかしくなるくらい私は興奮しっぱなしで、虎やワニや象といった大きな動物はもちろん、孔雀《くじゃく》を見ても猿を見ても、「あそこに！　あっ、あっちにも！」と騒ぎどおしだった。ツアーを終えて、なぜあんなにも自分は興奮したのだろう、と考えて、はっとした。そうだった、私はサファリパークにいきたいとずっと前から言っていたのではないか。そして不思議な気持ちになる。那須にも富士にもいけないとハナからあきらめて他人まかせにしているのに、なぜここには、飛行機に乗って、電車もバスも乗り継いでくることができるのだろう……。いや、反対だ、ティッサマハーラーマまでくることができるのに、なぜ、那須や富士の町にいけないのか。国内旅行計画が苦手だからだ、というだけですませていいものなのか。

ともあれ、一度サファリツアーをして、サファリ熱も冷めたのだったが、それから一年もたつと、またサファリパークにいきたい気持ちが募ってくる。

そんな折、私は和歌山の赤ちゃんパンダの話を複数の人から聞いた。上野《うえの》動物園では赤ちゃんパンダフィーバーで、シャンシャンを見るのには抽選したり早朝から並んだりしなくてはならないが、和歌山のアドベンチャーワールドには三頭の赤ちゃんパンダがいて、見放題。彼らのおとうさんは繁殖能力がものすごく高く、自然交配でじつに多くの繁殖をしている世界最高齢のもてもてパンダ、パンダ界の光源氏《ひかるげんじ》だというのである。それはなんとしても見たい！　サファリもいきたい、赤ちゃんパンダも光

〝パンダ〟源氏も見たい！　強い熱量で言い続けていると、和歌山出身の友人がまとめ役となってくれて、実現の運びとなった。

アドベンチャーワールドは南紀白浜《なんきしらはま》空港の近くにある。赤ちゃんパンダたちはものすごく近い距離からいくらでも見ていられる。念願のもてもてパンダの父も、八頭の子を産んだ母パンダも見ることができた。長いあいだいきたいと言い続けていたサファリツアーも、ここでようやく体験した。

しかしながら私がもっとも感動したのは、イルカショーである。今までイルカショーはずいぶんあちこちで見てきたけれど、ここのイルカショーは本当にすばらしかった。イルカはうつくしく、見せ場を作るのがうまく、トレーナーたちとの信頼関係が厚いことが見てとれた。イルカショーを見ていて涙が出たのははじめてだった。

この旅の参加者は総勢十名で、とはいえ飛行機も泊まる宿もばらばら、食事などの要所要所でみんな集まるだけという、たいへんに気楽な旅だった。翌日には千畳敷《せんじょうじき》と三段壁《さんだんべき》という観光名所にいったのだが、興味のないものは見ず、興味のあるものだけまっしぐらに向かう人たちばかりで、てんでばらばらでなんだかおもしろかった。

空港近くに、とれとれ市場《いちば》という、ものすごく広大な海鮮市場があり、旅の最後に私たちはそこでお土産を買うことにした。驚くほど広くて、魚が泳ぐ巨大水槽もあり、地元の家族連れでにぎわっている。私たちは入り口で別れてそれぞれお土産を見にいったのだが、三十分もしないうちに、ひとり、またひとりと、フードコートにやってくる。フードコートもまた巨大で、テーブル席を取り囲むように、鮨《すし》店、ラーメン店、丼《どんぶり》店、総菜店などが並んでいる。みんな思い思いのものを買ってきてテーブルに広げ、席に着いた人からビールを飲みはじめる。観光名所ではあんなにまとまりのない一団なのに、気がつけばこのフードコートでは全員集合し、何かを食べては感想を言い、旅で食べたものを振り返っては感想を言い、もっと食べようと何か買いにいき、ビールから日本酒に切り替えて飲みはじめる。フードコートでは、土産物とはべつに、日本酒を冷やして売っているのだが、それが売り切れになってしまうくらい、気がつけば飲んでいた。

国内旅行計画が苦手でもいいやと、帰りの飛行機で私は決意するように思った。どこそこにいきたいと言い続けていれば、自分で計画するよりもはるかにすばらしい旅が、こうして実現するのだから。

ところで、一九九二年生まれの父パンダ永明《えいめい》は、妻の良浜《らうひん》とこの四月にも自然交配をしていて、もし妊娠が確定すれば、夏から秋にかけて赤ちゃんパンダが生まれるらしい。すごい。

食と地に足

旅と、仕事がはじめていっしょになったのは、十五年ほど前のことだ。テレビ番組の企画で、イタリアの山をトレッキングした。

それまでずっと、旅と仕事は私のなかでは混じり合わないものだった。もちろんひとりで旅をして、それを文章にすることはあったけれど、文章にするために旅をすることはなかった。そういう意味で、旅は、仕事とは無関係の趣味だった。

旅と仕事がいっしょになって以降、私はそれが仕事なのか旅なのか、ずっと混乱してよくわかっていなかったように思う。

それが旅であると思えば、旅の欲が出てくる。すなわち、自由時間がほしいし、市場にいきたいし、地元のものを食べたいし、短い滞在でもなんとかその場所を身近に感じたい。それができないとなると、不満が出てきて捨て鉢な気持ちになる。

十年以上、私はこの混乱のなかにいた。旅の仕事だと、旅ができると思ってよろこんで受ける。が、旅だと思ってのこのこ出かけていくと、ほとんど仕事に時間を取られ、食べものすら好きなようには食べられない。こんなのはいやだ、と思って、なんとか早起きをして近隣を走ってみたり、ひとりで飲みにいってみたり、旅感を得るのに必死になっていた。

ほんの数年前、悟った瞬間があった。「旅の仕事は旅ではなくて、仕事だ」ということが、身にしみてはっきりとわかった。そのときも仕事の旅のさなかだったのだが、そう悟ったら、急に自分のなかからすーっと旅欲が消えていった。何が食べたいとか、何が飲みたいとか、下町にいきたいとか、市場にいきたいとか、考えてはだめだ。何も望まない、すべて仕事相手の人に委《ゆだ》ねよう。三十分ほどの休憩時間に、むやみに町を歩いたりバスに乗ろうとしたりするのはやめよう。集合時間までホテルの部屋でゆっくりしていよう。そうして旅欲をいっさい持たないほうが、旅の仕事は私には楽だった。

つい先日、仕事でヨルダンにいった。二泊四日という、私にとっては人間離れとしか思えない弾丸旅行である。滞在時間が短いぶん、スケジュールは仕事でぎっちり。自由時間は、早起きするとか夜更けまで起きているのでなければ、とれそうもない。でも、旅欲を持たなければ、そんなこともつらくない。

私はヨルダンのガイドブックも持っていかなかった。だから、自分の泊まっているホテルが中心街のどのあたりにあるのかもわからない。どうやら周囲に飲食店や土産物屋のたぐいはないから、町外れにあるようだ。ホテル内に、どういう趣旨の組み合わせなのかわからないが、イタリア料理と鮨を出すレストランが入っている。

着いた初日にそのレストランで食事をし、翌日は一日ぎっちり仕事があって、昼ごはんさえとることはかなわなかった。旅欲をいっさい持ってこなかった私は、中心街を見たいとか、市場にいってみたいとか、そんなことは露とも思わないのだが、しかし、地元の料理は食べたい。だから二日目、夜にホテルにたどり着いたとき、「地元料理を出すレストランは徒歩圏内にないか」と真っ先に受付の人に訊《き》いた。ない、という。「タクシーは料金をごまかすことがあるから、道でつかまえないでウーバーで呼んで」と、現地の仕事相手に言われたばかりである。ウーバーの使いかたを私は知らない。いや、タクシーを呼んでも、地図がないからどこにいけばいいのかもわからない。やむなくイタリア料理と鮨の店での夕食となった。

翌日も仕事をして、夜に飛行場に向かうことになっている。スケジュールを見るかぎり、またしても昼ごはん抜きかもしれない。それはそれでしかたがない。頭ではそう思うものの、「私はどこにきたんだろう」という思いがじわじわとあふれてくる。

もしこのまま、ヨルダンの食事をただの一度もとらないまま帰ったら、ヨルダンになどいっていない印象ばかりが残る。上空から見たけれど、地に足は下ろしていない感覚。

これは旅欲か？　仕事欲か？　と考える。旅欲なら捨てるのだ、と自分に言い聞かせるが、いや、仕事欲なんじゃないかと思えてくる。そこがどんな場所なのか、地に足を下ろさずに、いったいその地の何を書けるというのだろう？　そうだ、食ってそういうものだ。

旅をするようになってから、私は地元以外の料理を食べることに多大な抵抗を感じていた。もちろん、その地の味に疲れて中華料理を食べたことも日本料理を食べたこともあるけれど、でも、そんなの一ヵ月の旅に一度くらいだ。よほどちいさな村ではないかぎり、どんな町にも旅行者向けのレストランがあって、ハンバーガー、オムレツ、パスタ、ピザ、とどこ料理でもないメニューが並んでいる。そしてぜったいに現地の食を口にしたくない旅行者が、きちんとそういう店でピザやハンバーガーを食べている。帰ってから、どこを旅したかわからなくならないかな？　と若いころの私は思っていた。

今、自分でそういう店に入ろうとは思わないが、でもそういうところで食事をしている旅行者を見ても、とくになんとも思わない。旅も味覚も人それぞれだ。

だけれどもやっぱり、自分がそれだけの食体験で帰るのはいやなのだった。めずらしいものが食べたいという食いしん坊の気持ちではなくて、その地のものを食べないでその地にいったとは、どうしても思えない。自分が切実にそう思っていることに、はじめて気づいた。

仕事相手に、三十分でも十分でもいいから、昼ごはんの時間を作ってほしい、ヨルダンの料理を食べたい、と執拗《しつよう》に訴えて、帰る日に「マンサフ」という地元料理を出す店に連れていってもらった。ターメリックで炊いたごはんに煮込んだ羊がどーんとのっていて、ヨーグルトのソースをかけて食べる。ヨルダンではどこでも羊の群れを見たが、さすが羊とともに暮らす人々、この羊肉が抜群にやわらかくておいしい。ああ、こういう味か、こういう料理か。「お祝いごとがあるときや、週末にみんなで食べる」「全神経を胃袋に集中させるから、食べたあとはみんなで昼寝をする」「マンサフを出す店は多いが、この店はとくにおいしい」と、食べながら、現地スタッフが言い合うのを聞いて、ようやく、なんとかヨルダンに足を踏み入れた気がしたのである。

旅の刷りこみ

新宿発のロマンスカーは、箱根湯本《はこねゆもと》にいくものしかないと思っていた。仕事相手から「御殿場《ごてんば》いきのロマンスカーに乗って、御殿場のひとつ前で降りてください」と言われて、いぶかしみながら小田急線乗り場にいくと、はたして、御殿場いきふじさん号、というロマンスカーがあった。

仕事だったので、言われたとおり御殿場のひとつ手前で降りなければならなかったが、御殿場にいきたくてしかたがない。しかしながら御殿場にいって何をしたいわけでもない。そもそも御殿場に何があるのかも知らない。でも、御殿場は私にとってとくべつな場所なのだ。

私は小学校から高校までおなじ学校に通っていたのだが、この学校が所有する宿舎が御殿場にあった。夏休みのあいだ、小学一年生から高校三年生までが、学年ごとに日をずらして、それぞれ二泊三日、あるいは三泊四日する。自然教室と呼んでいたけれど、いわば林間学校だろう。学校に集まってから、ひと学年全員貸し切りバスに乗り、出発する。バスが高速道路を下りると、窓の外は見たことのないのどかな町になり、そこから鬱蒼《うっそう》とした森にバスは入る。木々に囲まれだんだん細くなる道の先にその宿泊施設はある。

ひとりで家を遠く離れて、どこかに泊まる、という私にとってのはじめての経験が、その宿舎だった。まったくさみしくなくて、ただひたすらたのしかった。翌年、二年生のとき、着いた初日に熱を出し、おたふく風邪と診断を受け、次の日にひとりで帰ることになったときの、かなしさ、くやしさは未《いま》だに覚えている。

木造二階建ての大きな建物で、庭に面して食堂があった。寝室は、二段ベッドがずらりと並んだ広い部屋で、このベッドひとつが自分のスペースである。当時は使われていなかった旧館があり、新館と渡り廊下でつながっていたが、そちらをのぞきにいく生徒はあまりいなかった。学校の創設者であるアメリカ人女性宣教師の幽霊が出る、と言われていた。

この宿泊施設の周囲には、飲食店も雑貨屋も何ひとつなかった。近くには広大な敷地のある公園を兼ねた仏舎利塔があった。この仏舎利塔には先生たちとよく遊びにいった。孔雀《くじゃく》が飼われていて、気味の悪い声で鳴いている。

近所に神社があるらしいのだが、ここは「ぜったいにいってはいけない」と先生たちに言われ続けていた。小学校低学年のころはそのまま鵜呑《うの》みにしていたが、もう少し成長すればなぜだか知りたくなる。だれかがいってはいけない理由を訊きにいった。宗教的な問題があるのだと先生は答えた。私たちの学校はキリスト教だったので、なんとなく納得した。その後、ずっと昔にこの学校の生徒が遊びにいって、神社の人に叱られたとか、折檻《せっかん》されたとか、真実なのか尾ひれなのかはわからないが、そんな話もまことしやかに伝わって、こっそり冒険心を満たしにいくような生徒はひとりもいなかった。その奇妙さに気づいたのは大人になってからだ。キリスト教の学校とはいえ、高校の修学旅行では京都の神社仏閣をまわった。ならばなぜあの神社だけ、「ぜったいに」いってはいけなかったのだろう？　本当に一度もいかなかったので、その神社がどこにあるのかわからないが、数年前に調べものをしていて、たまたまその神社の情報を見つけた。有名な心霊スポットだと紹介されていて驚いた。

小学一年生から高校三年生まで、十二年間、私たち生徒は、この宿泊施設内と、仏舎利塔、近所の沢くらいまでしか、いっていない。先生に黙って抜け出して、遠くまでいくのはかんたんだったと思うけれど、そんなことはしなかったし、私の知るかぎり、そんなことをする子もいなかった。今思うと不思議な気持ちになる。三日間、あるいは四日間も、ずっとおなじ場所にいて平気だったなんて。だから私の記憶も、そこだけ何ともつながっていない。思い出そうとすると、暗闇のなかにぽっかりと森があらわれ、その森のなかを進むと宿泊施設になる。宿泊施設からは細い道が続いていて、その先にあるのは仏舎利塔、少し離れたところに沢。浮かぶのはそれだけ。

小学校から高校まで、年齢が上がっていくにつれ、私は先生たちも学校も好きではなくなっていった。卒業しても学生時代を美化できず、うつくしい思い出などそうそうないのだが、でも、御殿場で行われる自然教室だけは好きだった。今思い出しても好きだし、思い浮かぶのはうつくしい光景ばかりだ。森の小道に落ちる陽射しの複雑な模様、風で木々の葉のこすれる音、朝の牛乳（かつまた牛乳という銘柄まで覚えている）、カレーのにおい、キャンプファイヤの炎、屋外での礼拝、キャンドルライトサービス、仏舎利塔から響いてくる孔雀の鳴き声、祈禱《きとう》とともに鳴らされる太鼓の音。御殿場という言葉で、そうした光景が次々と浮かんでは消える。

じつは一度だけ、再訪したことがある。車を持つ人と交際していた二十代のときだ。どこにでもいってくれると言うので、自然教室にいきたいと私は言った。住所も場所も覚えていないが、大きな仏舎利塔が近くにあった。それだけの情報で、ナビシステムもインターネットも存在しない当時、恋人はなんとかそこを見つけて車を走らせてくれた。仏舎利塔は記憶のままだった。大きくて、孔雀がいて鳴いていた。宿泊施設にいく道も、記憶のままだった。国道を曲がると森になり、木々の隙間から木漏れ日が降り注ぎ、視界一面がほとんど緑で、細い道が続く。見つけた宿舎の前で私は車を降りた。びっくりした。庭はそんなに広くなかったし、建物は記憶よりずっと古びてしょぼかった。その狭さにびっくりした。どうしてここから一度も抜け出そうとしなかったのか、あらためて不思議に思った。富士山すら、仰ぎ見た記憶がない。

あのときあれほどがっかりしたのに、でもやっぱり、御殿場と聞くと気持ちが高揚するのである。駿河《するが》小山《おやま》という駅で降りて、そこから目的地までタクシーに乗った。知っている景色はひとつもない。それでも、車窓の向こうに森が見えると、ああ、御殿場だ、私の知っている御殿場だ、と思う。十二年間、おなじ季節に、おなじ場所に泊まり続けるというのは、不思議な記憶と郷愁を心に残すものらしい。

日に三度の呪い

つねにごはんのことを考えている。朝ごはんを食べながら昼ごはんは何を食べるか真剣に考え、それがぼんやりと決まると今度は夜ごはんについて考える。仕事をしながらも夜ごはんについて考える。明日《あした》のごはんまで考える。いつも考えているので、思いついたそばから忘れていく。だからメモをしている。

食いしん坊なのとは違う。ごはんにかんして几帳面《きちょうめん》なだけだと思う。

朝は七時、昼は十二時、夜は七時にごはんを食べないと気がすまない。強迫観念に近い。朝だけは、時間が変動することがある。前日に夜更けまで飲んで起きられなかったり、走ってからごはんを食べたりするので、八時になることもある。でも、九時を過ぎたら朝ごはんは食べない。九時半や十時に朝ごはんを食べてしまうと、十二時に昼ごはんが食べられなくなる。

おもに仕事で、昼ごはんや夜ごはんの時間がずれることがある。午前十一時にはじまったうち合わせが、午後一時近くなっても終わらない、とか。午後五時にはじまった対談が、午後七時を過ぎても終わらない、とか。トークイベントの開始が午後七時から、だとか。

「時間はずれるが、食べられる」ということがわかっていればいい。うち合わせや対談が終わり次第、食事だと前もって教えてもらっていればいい。「いい」というのはつまり、どきどきしないし、いらいらしないし、絶望的な気持ちにならないし、落ち着きもなくさずに、うち合わせなり対談なりイベントなりに力を尽くせる。

ところが前もって教えてもらえない、ということがたいへんに多い。というよりも、そもそもうち合わせも対談も、何時に終わるか予測不可能なのだろう。うち合わせや対談や取材が、昼の十二時を過ぎたり夜の七時を過ぎると、私は本当にどきどきするしいらいらする。それはでも、相手が悪いのではもちろんない。食事の時間に几帳面すぎる私が全面的に悪いし、どこかおかしいのだ。だから極力、態度や顔に出さないようにしているが、出てしまうんだなあ。

ところで、私には会社勤めの経験がない。それが、私の抱える多くの悪しき問題点の原因であると思っている。もちろんほかにも原因はあるだろう。でも会社勤めの経験がないことは、けっこう大きな原因だ。

たとえばスピーチができない。結婚式や何かの会の挨拶《あいさつ》などが、へんちくりんだ。声がへなへなとして、要領を得ず、「えーっと」「あのー」がたくさん入る。会社勤めの経験がある人は、二十代の若者でも、こういうときにしっかりはきはきよどみなくしゃべる。「僭越《せんえつ》ながら」だの「ますますのご活躍をお祈りして」だの、平気で言う。他人のスピーチを聞いていて、その人が会社勤めの経験があるかないか、私にははっきりとわかる。

敬語も謙遜《けんそん》語もよく知らないし、上座も下座も知らない。「了解しました」が目上の人に使ってはいけない言葉だと、ついこのあいだ何かで読んだばかりだ。びっくりした。三十年以上「了解でーす」と言い、書き続けてきたのだ。

ごはんの時間がずれこんだことに、並々ならぬショックを受けるのも会社勤めをしたことがないからだ。勤めていれば、決めた時間にごはんが食べられないことなんて日常茶飯事だろう。しかしそんなことにすら、私は考えが及ばなかった。ほんの数年前に人に会いにある会社を訪れたところ、その人はまんじゅうを食べながらあらわれて、「すみません、お昼を食べ損ねたので、これだけちょっと食べさせてください」と言った。そのとき、午後三時を過ぎていて、私は衝撃とともに気づいたのだった。会社勤めとは、このように三時間も昼ごはんを食べられないことがあり、なおかつ、まんじゅうのようなちいさな甘いものでやり過ごさねばならないことがあるのだ。今さらながら知った事実に、驚きとかなしみと絶望的な気分に襲われて言葉も出なかった。

ことごはんにかんして、私は異常だと旅先で実感する。日本で暮らしている人たちは、私ほどではないにせよ、それでもまだ、だいたいのごはん時間感覚を持っている。だから多くの店は十一時から開店して昼ごはんを出し、夜営業の店は午後五時、午後六時に店を開ける。

しかしタイにいけば人々は年がら年じゅうどこでも何か食べているし、スペインに行けば昼ごはんに三時間も四時間もかけたりする。多くの国で、午後七時に夜ごはんを食べる習慣などない。夜ごはんは八時過ぎ（八時から、ではなく）。

郷に入れば郷に従えをモットーにしている私だが、でも、旅先でもごはん時間は変えない。朝ごはんは九時までに食べる。十二時に昼ごはん、七時に夜ごはん。昼はともかく、夜は、たいていのレストランも食堂もがらがらだし、開いていない店もある。調べてみると、午後九時開店だったりする。バーでもないのに夜の九時開店……、途方もない気持ちになる。

そして旅先で私は苦しい二者択一をする。ごはんの時間に、食べたくないものもしくはさほどおいしくないものを食べるか。ごはん時間を二時間ほど遅らせて、本当に食べたいものを食べるか。この二者択一は日本でもしょっちゅう考えているが、旅先ではもっと深刻だ。何しろ、その機会を逃したら一生食べられないかもしれないのだ。

いきたい店の開店時間が遅い。そういう場合、これまでの私の解決策は「ごはんを食べ続ける」だった。どうしても我慢ができないのだから、まず七時に、酒を飲みながら軽く食事をする。そして九時なり十時なりの開店を待って、もう一度ごはんを食べにいく。

しかし一軒目で、「軽く」がなかなかうまく調整できず、二軒目の本命店で、毎回「もっと空腹であれば……」と苦々しい後悔をする。今までの私の解決策は、なんの解決にもなっていない。

「私だったら」と、私は私自身に言ってやりたい。「私だったら夜ごはんの開始を二時間遅らせて、おいしいと評判の店でおいしいものを食べるね」と。心からそのほうがいいと思う。でも、そんなふうに私自身に勧められても、私はきっと、まず午後の七時にがらがらの店に入り、「空《す》いているのは時間が早いからで、まずいからではない」と自分に言い聞かせて、どうでもいいようなものを、とりあえず食べてしまうのだ。きっとこの先ずっと。

見たくなる自然

人は年齢を重ねると自然を好きになる。しみじみそう思う。川だとか湖だとか、生い茂る木々だとか、山だとか、そういうものが見たくなるし、実際に見ると、飢えや渇きがじわじわと満たされるような気持ちになる。

若き日々、私はちっとも自然の光景なんて好きではなかった。ひとり旅の旅程に、自然を味わえる場所など盛りこまなかった。海が好きで、海はかならず日程に入れたが、海だけあって何もないとがっかりした。海があり、海沿いに宿と飲食店が林立していないと「海にきた」という実感すら得られなかった。海、というよりビーチリゾートが好きなんじゃないか、と若き日の私に言ってやりたくなる。

自然の光景というのは、どこか落ち着かなかった。高い山の上から見る、遠くの稜《りょう》線《せん》とか、森のなか、空に向かって枝をのばす木々と、その木々を映す湖とか、地平線まで続く砂漠とか、その光景がうつくしいということはわかる。でも同時に、何かこわいと感じている。そのこわさから逃れたいために、その場を早く去りたくなってくる。

だから私は旅に出ればいつも町ばかりを目指した。絶景や秘境と呼ばれるところを目指したことがない。奇観だけはべつだ。奇観には異様に興味がある。

いったいいつごろから自然の光景を好むようになったのか。自分でも気づかないくらい、あまりにも静かにひそやかに、好みは変わっていた。ごちゃごちゃした町の光景は今も好きだが、でも落ち着かない気持ちになる。人混みは平気だったが、はっきりと苦手になった。そして山々が見たい、清流が見たい、紅葉が見たい、新緑が見たい、雪をかぶった山を見たい。あまりのことに、自分でもびっくりする。

運動の嫌いな私がランニングをはじめて十年以上になる。あるとき友人に誘われて、山を走るトレイルランニングにいった。走るのはいつだってあまりたのしくないのだが、このときは、景色のうつくしさに気をとられて、「たのしくない」「つらい」ということに気づかなかった。木の葉の散った細い土の道、その道の先に、レース模様みたいにこぼれ落ちる陽射し、道を這《は》う複雑な木の根っこ、まっすぐのびる木々の幹、重なり合う葉っぱ、葉のあいだから見える青空、高い場所から見下ろす遠くの町、湖。自分でも驚くくらい、何を見ても胸にしみる。ああ、きれいだなあ、うつくしいなあ、と思う。今までただひとかたまりの「山道」だったのに、なぜこんなにすべて解体されてひとつひとつ光を放って目に映るのだろう。

アスファルトの道を走るより、山道を走るほうが身体的にはずっとつらいし、筋肉痛もひどいのだが、私はたった一度のこのトレイルランニングで、自分は山を走るのが好きだと錯覚してしまった。

それでも、私は破壊的なほどの方向音痴なので、自分ひとりでは山を走れまいとずっと思っていた。町の地図ならまだしも、山の地図は本当にわからない。山で迷えば、どんなに低山でも命にかかわる。そう思ってひとりではけっして山にいかなかったのだが、去年の初夏、とつぜん山にいきたくなった。山の景色が見たくて見たくてたまらなくなった。密集する木々の感じとか、高いところから見下ろした光景とか、細い山道とか、渇望するほど見たい。そんな自分は私にもはじめてで、なんだか気味が悪いが、この渇望は山にいかないかぎりどうにもならない。

自分の家からいける山をさがして、ある日の早朝、ランニングウェアの私はそれまで存在すら知らなかった駅に降り立った。そこから登山口をさがし、走った。上りは歩きで、平坦《へいたん》な道と下りは走りだ。

山には登山者がおり、また、ひとけのないところでも、山頂や方向を示す看板があるので、私が想像していたような、獣道に入って出られなくなってどんどんさまよっているうちに日が暮れる、ようなことはなかった。看板の指示どおりに進めば、ちゃんと峠や山頂や展望台があった。ただ、「もう帰りたい」と思ったときに帰れないだけだった。帰りたくなっても、バス停も電車の駅もないからだ。

そうして今年、私は突如、紅葉が見たいと思った。紅葉といえば山。山といえばトレラン。なぜか思考がそうなってしまっている。インターネットで調べていたところ、富士山を見上げながら紅葉の山を走るトレランの大会があった。紅葉と富士山なんて、さぞやうつくしいだろうなあと思った瞬間に、エントリーしていた。

大会当日、酔っぱらいと酒のにおいで満ちた早朝の電車に揺られ、山梨県に向かった。朝の八時半にトレランスタート。あいにくの曇りで、霧も出ていて、富士山どころか近隣の山も見えない。扇山《おうぎやま》という山を上り、上ったのに山頂付近で下らされ、そしてまた反対側から上る。上っても上っても山頂に着かない。展望台があったのでほっとするも、そこからさらに上っても山頂とは書かれていない。一一三八メートルの山で、けっして高くないのに、ものすごい急斜面である。やっと山頂にたどり着いたが景色は何も見えない。下りもまたものすごい急斜面で、いきなり転んでしまった。ここは走らず、傾斜がゆるやかになるまで慎重に歩いて下りるしかない。

さらに次に百蔵山《ももくらさん》という山を上る。山頂に着く前にすでに後悔しはじめていた。紅葉を見るのなら紅葉を見にいけばいいのであって、山を走らなくてもよかったじゃないかと、だれか私に教えてやれよ。つらすぎて自分に逆ギレである。

百蔵山を下りて走ると、民家や公民館のある町なかのコースとなり、その先、観光客の姿が増えはじめる。私はまったく知らなかったのだが、日本三奇橋、猿橋《さるはし》という名所のようである。たしかにここはものすごい景色。橋をのぞきこめばはるか下に翡《ひ》翠《すい》色の川が流れている。その川を覆うように両岸から降りかかる木のうつくしさ。葉は赤、黄、橙《だいだい》とみごとに色を変えている。ああきれい、ああ本当にうつくしい。私が見たかったのはそうこれこれ、この景色だ。そのときだけ指の先までじんわりとうれしさが広がっていった。

しかしそんなのはただの一瞬。そこからゴールまで、もう山道ではないのに、えんえんと上り坂が続く。脚はすでに筋肉痛で、思うように動かない。午前中は、ゴールしたら売店で売っていたカレーうどんを食べよう、いやカレーとうどんのセットにしようか、それから産直祭りもやっていたから野菜を買って帰ろう、とわくわく考えて走っていたのだが、いざゴールしてみると疲れ果てていて、食欲もない。友人もいないので、つらかった道のりの感想を言い合う相手もいない。完走証をもらってただひとり臨時バスに乗って最寄り駅を目指す。

汗だく、転んだから泥つき、汗が引くにつれ塩気が出て、ところどころ白いしみのできたジャージ姿の私は、山梨県のちいさな駅から電車に揺られ、紅葉きれいだったなあととりあえず思ってみた。なぜ自分が、紅葉を見たいと思ったときに山を二つも越えねばならぬ大人になったのだろう、とは考えないようにした。

呼ばれていない場所

場所は人を呼ぶ。すべての場所がではない、人を呼ぶ力を持つ特殊な場所がある。そこに呼ばれないと、いく機会はまずないし、いこうとしても、台風で飛行機が飛ばなかったり海が荒れて船が出なかったりして、いけない。そういう特殊な場所は、パワースポットといわれている場所が多いようだ。

友人から、あることがらについて霊験あらたかな神社がある、と聞き、私と夫はそこにいく計画をたてるもいつも頓挫《とんざ》し、あるとき片道三時間くらいかけてようやく出かけたのに、その神社に向かう長い階段が何かの理由で閉鎖されていた。ああ、とそのとき私は深く納得した。私たち、この神社に呼ばれていない。べつに今くる必要はない、と思われている、と。

私にとってインドネシアのバリはそういう場所である。しかし、件《くだん》の神社ほど、拒絶の力は強くない。「呼んでなくてもきてもいいよ、でも、期待しないでね」という感じがする。おおらかでゆるいが、気が抜けない、それが私のバリという場所の印象だ。

バリにいったのは九〇年代半ばだった。バブル景気が終焉《しゅうえん》を迎え、けれども世のなかにはその名残があちこちにあった時期。このころバリは日本の旅行客に大人気だった。物質的・経済的ゆたかさ至上主義である世のなかにうんざりし、精神的なものをバリに求める旅行者は多かった。その一方で、バリの男の子たちとのアバンチュールを求めて旅する女性も多かった。バリに求めるその二つは、一見ものすごく対極だが、ひっくり返したら同じ希求なのかもしれない。そして、そうした希求が自然と生まれる社会だったんだろう、そのころは。

ともあれ私はそんな時代に、男友だち二人と三人でバリを旅した。目的は精神的なものを求めていたのでも、アバンチュール的な出会いを求めていたのでももちろんなかった。具体的に期待していたこともとくにないのだが、でも私は、ちょっと期待していた。インドネシアはイスラム教なのに、バリだけヒンドゥー教で、しかもそのヒンドゥー教はインドのそれとは異なるバリ・ヒンドゥーといわれるもので、その宗教の神々と人々はごくふつうにともに暮らしている。その「神さまとごくふつうにいっしょに暮らす」感じを、味わいたかったのだ。神秘体験を期待するのと、少し近かったかもしれない。

そうして二週間ほどバリを旅して、はっきりとわかった。私はバリに呼ばれていない、と。バリは場所としておおらかでおだやかなところだから、呼んでいない人間がひょこひょこやってきても、やさしく迎え入れてはくれる。けれどもとくべつなものは何も見せてくれない。その旅で、見たいと思うようなものを何ひとつ見ることはなかった。神さまの気配も感じなかったし、人々の信心も感じなかった。

時代がら、ビーチでも町でも、ものすごくたくさんの男の子に声を掛けられた。男友だちといっしょにいるときは、ナンパではなく何か売りたかったり、ちょっとだましたかったりする男の子たちが声を掛けてきて、私がひとりでいるときは、据え膳《ぜん》的なナンパとして声を掛けてきた。日本人女は全員金持ちで、アバンチュールを求めていて、バリの男が大好き、とみんな信じていたのである。そして彼らの七割が、複数の日本人女性と遠距離恋愛をしていた。バリは、二十代の私に、そんな流行面しか見せてくれなかった。

ただ、何か隠しているのはわかったのだ。バリは、あくまでも場所としてのバリは、呼んでいない私には見せないだけで、何か異様な顔を隠し持っている気がする。ナンパ男だけのバリではないことは感覚的にわかる。何か隠しているのはむんむんとわかる。でもそれが何なのかわからないまま帰国した。

バリに（バリの男の子に、ではなく、場所に）はまってしまう人を、以後、幾人か見たが、彼、彼女たちは、呼ばれていたのだ、と思った。私には隠して見せてくれなかった面を、バリは、彼、彼女たちには見せた。だから彼や彼女はバリのとりこになったのだ。

さて月日は流れ、二十三年ぶりにバリにいくことになった。四泊の仕事の旅である。バリが私を呼んでいないことは二十年以上前から知っているし、今回も呼ばれた感があまりない。

二十数年前は木造のちいさな小屋のようだったデンパサール空港は、今や堂々たる大空港。空港から見上げる空は、ほんの少しだけ夕焼けのピンク色を残して、紺に染まりつつある。迎えにきてくれた車に乗る。夕焼けも消え、どんどん暗くなっていく車窓の町も、まったく、何ひとつ記憶にない。

車は町を抜け、比較的静かな町も抜け、窓の外はどんどんローカル色が濃くなり、観光客の姿は見られなくなり、間口一間ほどの雑貨屋や飲食店がぽつぽつと並ぶだけの道を延々と走る。こういう風景はもしかしたら二十三年前とまったく変わっていないのかもしれないけれど、でもやっぱり、見覚えがない。

どんどん道幅は狭くなって、やがて、ほとんど明かりもない山道らしき道を車は進む。左右の窓の向こうにあるのは田んぼか畑か、ともかく真っ暗。ふっと幻のように商店があらわれて、過ぎ去っていく。なんだか夢のなかみたい。

車のヘッドライトしかない暗闇のなか、ホテルの看板がぼうっとあらわれ、その道の先にガードマンのいるゲートがある。ゲートをくぐるとホテルの駐車場。門が開き、その向こうがホテルの屋外ロビーになっている。フロントの前には、ガゼボと呼ばれる東屋《あずまや》が並んでいる。そのガゼボに古ぼけたお札みたいなものが貼られている。そのお札は、案内されたバンガロータイプの部屋の隅にも貼られていた。これ、「バリ風」をあらわす飾りなのだろうか、それとも、本当にお札なのだろうか。そんなことを思いながら荷ほどきをした。続きは次回。

呼ばれていない場所 2

バリでの取材は、バリの寺院を巡ったり、バリダンスを習ったりする、というもの。着いた翌日の早朝から、ホテルのバリニーズスタッフにチャナン作りを習う。チャナンというのは寺院や祠《ほこら》ばかりでなく、さまざまな場所に置く神さまへのお供えものだ。商店や民家の玄関先にも置いてある。毎朝あたらしいものを作ったり買ったりしてお供えするのである。

チャナン作りを終えると寺院にお詣《まい》りするための正装に着替える。クバヤという長《なが》袖《そで》ブラウスとサロン（腰布）、それにスレンダンという腰紐《こしひも》をベルトのように巻く。着替えさせてもらいながら、取材写真のための雰囲気作りに必要だから正装しているのだろうと、なんとなく思っていた。出発する段になって、バリニーズスタッフと、通訳をしてくれている日本人スタッフが、何か真剣に会話しながら、さらに着替えの正装を用意しはじめる。寺院のお詣りのときに沐浴《もくよく》をして濡《ぬ》れてしまう、濡れた衣裳《いしょう》で次の寺院にお詣りにいくのはだめだから、着替えを持っていかねばならない、じゃあ何着必要か、というようなことを、えんえん話し合っている。雰囲気作りなどという生やさしい感じではない。

寺院へは、男性ガイド、ワヤンさんが案内してくれる。車で最初の寺院に向かう。ホテルの周辺は田んぼがずーっと広がっている。ちいさな村を通過し、もう少し大きな村を通過していく。窓から村を眺めていると、いったいいくつあるのかと思うくらい、寺院が並んでいる。

象の洞窟《どうくつ》という意味のゴア・ガジャをまず訪ねた。広大な寺院のお詣りポイントをワヤンさんに教わりながらまわるのだが、このワヤンさんのお詣り指南が思いのほか厳しい。寺院参拝のしかたは、じつに複雑で難しくて、唱える言葉も含め、いっぺん教わっただけではとても覚えられない。それでもなんとか参拝をすると、わきで見ているワヤンさんが「そこは違う、もう一度花をかざして」「花はこうまわして」「腕の高さが違います」「腕をもっと高く」と、逐一注意してなおしてくれる。唱える言葉も、幾度もなおされる。

さらに観光客でごった返しているティルタ・ウンプル寺院に向かい、沐浴をする。バリの沐浴はインドのそれとは異なり、水を頭から受ける。この寺院には、聖なる泉の水を引きこんだプールのような場所に、三十ほどの水の出る出口があって、沐浴する人はその出口ひとつずつに頭を差し入れて水で浄《きよ》め、祈る。ここでもまた、ワヤンさんにただしい沐浴のしかたをレクチャーしてもらう。ひととおり説明すると、ずらりと横に並んだ水の出口のうち二つを指して、「あそこは水を浴びずに飛ばしていかなければならない、なぜならあの水は死者のための水だから」とワヤンさんは真顔で言う。ぎょっとする。

ここは観光客が多すぎて、水を浴びるのも順番待ちをしながらになるのだが、ワヤンさんは水の上からずっと私についてきて、「水を受ける順番が」「まず頭に」「腕が」と、ずっと言い続けている。なんだかこわくなってくる。

さらにいくつか寺院をまわり、ワヤンさんの厳しい指導を受けて参拝し、この日の最後、スバトゥの滝というところに向かった。ちいさな村の奥に渓谷があり、そこをずっと下る。途中にお詣り用の祠があり、いちばん下に滝があり、その滝で沐浴をするのだという。

この、長い長い渓谷を下りていくあいだ、この場所がどれほどのパワースポットかという話をワヤンさんがはじめた。いわく、

ここは今日まわったどんな寺院よりも強力なパワースポットだから、あまりちいさ

な子どもは連れてきてはいけない。ぼくは以前、それを知らなくて二歳の娘を連れてきてお詣りしてたいへんな目に遭った。お詣りした日の夜、娘はとつぜん激しくけいれんして、ぼくたち親に向かって「殺すぞ」というようなおそろしい暴言をすごい勢いではきはじめた。ぼくはショックで泣いてしまったほどだった。けいれんがおさまらないので、バリアンを訪ねてなおしてもらった。そのくらいこの滝は強力。

バリアンというのは沖縄のユタのようなヒーラーのことだそうだ。聖なる場所の力が強いということは、そこに同じくらいの強さで悪もある。無力なちいさな子どもは悪に持っていかれやすいのだとワヤンさんは言う。私はこの旅の前に、悪魔が子どもに乗りうつる映画を見たばかりで、その子どもがまさにものすごいおそろしさで親に暴言をはき暴力を振るう場面がある。ワヤンさんの言う娘さんの状態がそれに重なって、実際に見たように恐怖を覚える。

渓谷を下りきる前にあらわれる祠の前に、欧米人の女の子グループがいた。みんな若い。欧米人のガイドさんにお詣りのしかたを習い、ひとりずつ、それは熱心にお祈りをしている。この子たちにはそんなに真剣に祈る、いったいどんな事情があるのだろうと思うと、なんだか泣けてくる。そのくらいの熱心さなのだ。するとワヤンさんが、英語で彼女たちに向かって「お詣りのしかたが間違っている」と注意をはじめた。

まずこうで、それからこうするのだ、とひととおり説明するのだが、彼女たちはワヤンさんをいぶかしげに見て聞き流し、自分たちの方法を変えない。ワヤンさんも彼女たちの指導をあきらめて、私たちは滝へと向かった。

滝はものすごい水量で流れ落ちてくるのだが、ワヤンさんはこの滝の三カ所に頭を入れて、唱える言葉を五回くり返して拝みなさい、と言う。言われたとおり水に入り、滝に頭を突っこむ。まさに滝行である。ワヤンさんは一段高い岩の上から、「頭の突っ込みかたが足りない」「腕をもっと高く上げて」「そこで唱える」「ちゃんと唱えて」と、厳しく注意する。ワヤンさんの教えてくれた言葉は「オーム　シャンティシャンティ　シャンティ　オーム」というもので、シャンティは平和を意味するのだという。息もできないくらい激しい水を受けながら、その言葉を五回くり返していると、ワヤンさんが厳しいからではなくて、なんだか泣きたい気持ちになってくる。自分の幸福や家族の健康などはどうでもよくなって、本当に世界が平和であってほしいと、泣きたいような気持ちで思うのである。

バリが隠していたものは、これか、と帰り道に私は思った。神さまと悪魔、よいものと悪いものがまったく同じく共存している世界。それは思想でもなく宗教でもなく、森に熊や鹿や猿がいるように、実在している。そこに私たち人間は、よからぬものに出合わないようにして分け入っていく。バリはそういう場所なんだろう。

この翌日の夜、レゴンダンスを見にウブドの町までいった。田んぼと渓谷しかないホテルに目が慣れてしまって、居並ぶ店や、ものすごい数の観光客の姿が、ほとんど異世界に見える。いや、本来なら私は店の並ぶ通りに興奮して、三十分でも十五分でも自由時間をもらってそぞろ歩くはずなのだが、このときは人波に交じるのがうっすらとこわかった。

レゴンダンスを見た帰り、ウブドの町を抜け、大きめの村にさしかかったとき、あちこちからガムランの音が聞こえてくるのに気づいた。数日後は満月で、満月の夜はどの村でもお祭りがあるから、その練習をしているのだとホテルのスタッフが教えてくれる。大きな村の先にあるちいさな村も、ガムランの音があちこちから響いている。

満月のたびにお祭りがあるのはさぞやめんどうだろう、と思うが、それは東京に暮らす私の感覚で、神さまと悪魔がいっしょにいるここでは、そのお祭りも何か大いなる意味があるのだろう。

帰国日は満月の一日前だった。夜、ホテルから飛行場に向かう車から、正装をしてどこかへ向かう大勢の人の姿が見えた。前夜祭でもあるのだろうか。膨大なお供えものを大きなかごに入れ、頭にのせて歩く女性たちもいる。遅い時間なのに子どもたちもいる。みんな顔がいきいきしているのが、明るい月の光でわかる。

あいかわらず「呼ばれた」感はないけれど、でも、二十三年前はけっして見せてくれなかった顔を、ちらりと見せてくれたことが私はとてもうれしい。

なつかしい、の先

旅が、あるとき日常になる、ということがある。私はこの感覚に案外敏感だと思う。台北でもパリでも、博多でもニューヨークでもいい。国内外の違いはあれど、はじめての場所に降り立つときは緊張している。緊張しながら空港を出て、市街を目指す。目に映るもの、すべてがはじめての景色だ。

その町に数日、一週間、十日、と滞在すると、景色ははじめてではなくなり、道にも迷わなくなり、食事をどこでとれば失敗がないかもわかってくるけれど、でも完全な旅先だ。目に映るもの、鼻先を漂うにおい、口に入れるものの味、湿度や陽射しの感じ、ぜんぶが、自分の知らない種類のものであり続ける。

さてその場所に、くり返しいくようになるとする。緊張は薄らぐ。バスの乗りかた、地下鉄の乗りかたもわかる。住んでいるみたいにスムーズに移動ができる。でも、旅先は旅先だ、と私は思う。

幾度目かのくり返しのときに、ふと、「なつかしい」と感じる。住んだこともないのに、はじめてこう感じたときはびっくりした。何度かきたことがあるだけの旅先なのに、「なつかしい」。

那覇《なは》にはじめていったのは八〇年代だが、その後あんまり縁がなく、こちらから縁を作って定期的にいくようになったのは、二〇一一年からだ。毎年十二月、那覇のマラソン大会に出場する。大会前日の夕方に那覇に着いて、大会翌日に観光もせずに帰る。それだけなので、那覇で知っている場所は極端にかぎられている。だからなつかしさに直結したのだと思う。

四度目のＮＡＨＡマラソンに参加するための那覇いきだった。空港からゆいレールに乗り、参加受付を行っている奥武山《おうのやま》公園で降りる。奥武山公園のホームから地上に続く階段を下りていたら、ふいに私は「なつかしい」に襲われた。夕暮れどきのこの蜜《みつ》のような陽射し、ねっとりとした湿気とぬるい空気、公園の緑、広い空、石造りの建物、この道路の感じ、目に映るすべてがなつかしい。たかだか四度しか見ていない光景なのに、どういうわけだか、涙が出そうになるくらいの強烈ななつかしさ。

私はこの「なつかしい」がきたら、旅は旅でなくなるのではないかとこのとき思った。ああ、那覇は（あくまでも、極端にかぎられた那覇だが）、私にとって旅先ではなくなった。「マラソンを走る町」という、日常の一部になったのではないか？

その後、私は幾度か旅先でまったく同じ、めまいのするような「なつかしい」にとらわれた。「なつかしい」になりやすい旅先の共通点は、こぢんまりした町や島であること。町の規模が大きかったり、めまぐるしく変わりやすい町だったりすると、当然ながら、毎年のように訪れていても「なつかしい」は感じない。いつまでもよそよそしい旅先のままだ。その違いが、私のなかでの「旅」と「日常」の区分けなのだと思っていた。

いや、日常となるには、「なつかしい」の先にまだもう一段階あった、とついこのあいだ気づいた。それを気づかせてくれたのもまた那覇である。

那覇での仕事を終えて友人と酒を飲み、わりあい早い時間におひらきとなった。友人と別れ、いつも泊まるのとは違うホテルを目指して歩き、いつも泊まるホテル周辺とは異なる光景に新鮮さを覚え、眠るには時間はまだ早い、どこかで飲みなおそうかな、あるいは何か軽く食べようかな、と電飾看板で明るい繁華街を見渡した。いつもなら、そこでわくわくするはずだった。あまりおなかが空《す》いていなくても、旅専用食欲が発動し、ふらふらと飲食店に吸いこまれてしまうはずだった。

なのにどうしたことか、いや、面倒くさい、とほとんど無意識に思い、わくわくすることもなく食欲を発動させることもなく、ホテルに向かった。ホテルに向かいながら、自分が今、面倒くさいと思ったことにあらためて気づいてショックを受けていた。面倒くさい……。これは、「なつかしい」の先にある、日常感ではないか？　那覇の町に、私はもうわくわくした旅感を覚えないのではないか？

もちろんその日常感は、生活者のそれとは異なる。でも、やはりそれは旅の感覚ではない。

ここから先は空想だけれど、「面倒くさい」の先がまだある気がする。おそらく、愛情のこもった愚痴を言い出すのだ。沖縄の人間は時間にルーズだとか、工事を頼んでも期日に間に合わないのがふつうだとか、訳知り顔で話し出したら、もう完全にその町は旅先ではなくなるのだろう。

「なつかしい」から「面倒くさい」に移行した町は、那覇のほかにも、いくつかある。旅よりもっと身近になった町。暮らしてはいないが、旅先としてより、もっと顔なじみになった場所。「面倒くさい」からさらに愛ある愚痴へと移行した町は、ただひとつ、ある。その町を歩くと、たしかにもう旅のきらきらした感じはない。屋台で売っているあれを食べたい、これを飲みたい、あのお店に入ってみたい、夜は夜で、あのバーにいってみたい、小腹を満たす何かが食べたい、この宿に泊まりたい、ここで写真を撮りたい、土産物屋に入りたい、と、わちゃわちゃと目移りすることはもうなくて、人混みも面倒、飲みにいくのも面倒、写真なんかもっと面倒で、ただ目的地ばかり目指すのだが、それでもうっすらとたのしい。旅とは異なってもその町が好きなのだ。でも、好きなのが恥ずかしい。さらに、旅人だけれど、その地を知っているんだと主張したい。それが、愛ある愚痴になる。自分の暮らす町でもないのに、「映画館もまともな本屋もない」「観光客目当てになんでも手を出して節操がない」「土産物屋がみなダサい」などと言っている。その町とそれだけ親しいと言い募っている自分を自覚して、深く恥じ入ることもある。町は許容している。旅先だろうが日常だろうが、なつかしいと思われようが面倒だと思われようが、憎まれ口を叩《たた》かれようが、町に闖《ちん》入《にゅう》してくる私たち旅人を、ただ許している。

旅へいく、旅で食べる

金沢と私

生まれ育った場所に、とくべつな思い入れがない。私が生まれ育ったのは神奈川県の横浜市《よこはまし》。とはいえ、横浜駅まではバスで一時間かかり、渋谷《しぶや》まではは電車でやはり一時間弱かかるというたいへん中途半端な場所で、地域的な特色も、都心部との差異も、ほとんどなかった。

私はその家を二十歳で出て、東京でひとり暮らしをはじめた。その家に残っていた母もその数年後に、ほかの県に引っ越した。近所に住んでいた親戚《しんせき》たちの多くは亡くなっていて、存命の人とはあまりつきあいがないせいで、生まれ故郷には住んでいた家もなくなり、近しい人もいなくなった。

そうなると、とたんにその場所は、そのほかのどことも変わりない縁のない町になる。ふるさと、という言葉で思い浮かべる場所は、私にはない。この生まれ育った町には、今、父と母の眠るお墓があるので、年に一度、盂蘭盆《うらぼん》の季節に訪ねるのだが、やはり、帰ってきたという気がせず、お墓参りに「きた」という気分である。私はこのことを、ずっとさみしく思ってきた。生まれ育ったところに愛着を持てないのは自分の責任だけれど、でも、愛着は持とうと思って持てるものではない。だから、私が「ふるさと」という言葉で思い浮かべるのは、まったく知らない場所である。田畑が広がり、山の稜線《りょうせん》が連なり、生け垣の向こうに古びた日本家屋がある。そういうようなイメージを、映画や小説や漫画で得たのだろう。ふるさと、帰る場所、という言葉で思い浮かべるのが、架空の場所であるということは、なんと心許《こころもと》ないことだと我ながら思う。

引っ越しをしたことがなく、学校も小学校から高校まで同じだったので、大学生になってはじめて、さまざまな出身地の人と会った。驚くことも多かったけれど、何よりうらやましかった。

同郷の人が二人揃うと、突然話し言葉が変わる。彼らの下宿には、親から宅配便がよくきて、中身は私が見たこともない菓子やインスタント食品や調味料が詰まっている。彼らは長い休みに入ると実家に戻る。休みが明けると、地元の名産品を同級生に配ってくれる。彼らには、強く繫《つな》がりを持つ土地がある。そこが、長い休みでないと帰れないくらい遠いことも含めて、うらやましかった。

私が物書きとして働きはじめたのは二十三歳のときだけれど、翌年から、しょっちゅう旅をするようになった。バックパックひとつで出向く貧乏旅である。そうしてはじめて知ったのは、旅という、土地との縁の作り方があるということ。縁もゆかりもない土地なのに、着いたとたん、たじろぐくらいの愛着を覚えることがある。そういう場所は、二度、三度と訪ねてしまう。変容が体感できる。場所は私たちを歓迎するでも拒否するでもなく、ただ、迎え入れるだけだけれど、そのようにして通っていると、縁ができたような気がする。住んでいないのに、いや、住んでいないからこそ、ある距離感を持ってその場所と接し、つきあっていくことができる。

ずっと場所についてコンプレックスを抱えていた私には、これはうれしい発見だった。旅することで、愛着のある町、帰りたいと思う場所は、いくらでも作ることができるのだ。かつて思い描いた架空のふるさとも、もしかしたら世界のどこかに実在するのかもしれない。

二十代のころは国外ばかりに目が向いていたが、年齢を重ねるにつれて国内を旅することもたのしくなってきた。とはいえ、のんびり旅する余裕もなく、今は、もっぱら旅というと、仕事込みの旅行である。それでも、いかないよりはいったほうがずっといい。その地をこの足で歩き、その地の空気を吸い、その地のものを胃袋におさめなければ、場所との縁というものは生まれない。

泉鏡花《いずみきょうか》文学賞をいただいたおかげで、昨年、はじめて金沢《かなざわ》にくることができた。直前まで広島にいた私は、大阪から特急列車に乗り、金沢に着いたのは夜の十一時。それからホテルの人に繁華街の場所を訊《き》いて飲みにいった。なんでもない、たんなる格安居酒屋だったけれど、刺身がおいしくてびっくりした。

翌朝、午前中に少し時間が空いたので、ランニングシューズを履いて町を走った。昨日の深夜、賑《にぎ》わっていた繁華街は眠ったように静かで、街を起こさないよう勤め人が静かに行き交っている。香林坊《こうりんぼう》、というところだと標識で知った。兼六園《けんろくえん》を走り、そこから町に戻ろうとして、市場の標識を見つけ、そちらに向かうと本当に市場があった。ここは帰る前にもう一度こなくてはならぬとかたく決意しながら、走って通りすぎた。

今年、また金沢に呼んでいただいた。昼前にタクシーで空港から市街地に入った。窓の外を見ていて、見覚えがあると気づいたとき、なつかしさがこみあげた。びっくりした。つい半年ほど前にきたばかりである。しかも、歩いた（走った）のなんて、ほんの数時間。あとはずっと仕事の時間だったのだ。でも、ここをたしかに知っている、ここにもう一度くることができた、という強烈な思いがあった。この町を「なつかしい」と思える縁ができたことを、私は本当にうれしく思う。ちいさな縁だとしても、きっとこの先、少しずつ大きくなっていくと思いたい。

「おいしい」の秘密

「おいしい」と、私たちはどこで感じるのだろう。このごろそんなことを考えるようになった。目で味わうとも表現するけれど、それは比喩《ひゆ》的な言いまわしで、やっぱり実際は舌（味覚）や鼻（嗅覚《きゅうかく》）で味わって、そこから脳みそが「おいしい」と結論を出すのではないか。と、思うけれど、でも不思議なのは、年齢層や味覚の文化や育った環境がまったく異なっていても、だれもが共通して「おいしい」と言う味があることだ。

旅先でだれもが経験したことがあるだろう。ガイドブックや情報誌に、「この店のこれがおいしい」と書いてある。地図を頼りに訪ねてみると、地元の人で混んでいる。なんとか入店して注文する。出てきた料理が、たしかにおいしい！　その町や地方の味覚文化も知らず、食べ慣れた味も異なるのに、そこで暮らす人も、遠方からやってきた私も、共通して「おいしい」と思う。国内ならまだわかるけれど、それが異国の場合、不思議度は増す。

今回の台湾の旅で、私はつくづくとその不思議について考えた。台湾の食は、日本で暮らす私たちには身近で、食べやすいものが多い。それでも食文化は異なるし、私ははじめて食べる台湾料理も多かった。はじめて食べるのに、なぜ、「おいしい」とわかるのだろう？　そして、私がおいしいと思う店は、地元のお客さんで必ず混んでいる。開店したばかりならあっという間にテーブルは埋まる。午後二時、三時の中途半端な時間でも行列ができている。どうして、台湾の味覚で育った人と、日本は関東の味覚で育った私が、同じものを「おいしい」と感じるのだろう？

斤餅《ジンビン》の料理店にいったときのこと。斤餅と呼ばれる生地に、炒《いた》めた肉や野菜を巻いて食べる中国東北地方の料理で、これまた私がはじめて食べるものだ。この斤餅の生地を、お店の人は注文を受けてから練って、広げて、鉄板で焼く。鉄板の上で両手でわしわしと生地を揉《も》む。そうすると、空気が入って生地がふんわりおいしくなるらしい。面倒だからといって焼きだめすることなく、注文ごとに一回一回、焼いていく。この作業を見ていて、あっ、と思った。「おいしい」の謎が解けた気がした。

この、手間ひまは、他のお店でもたくさん見聞きした。早朝から煮込む牛肉と牛すじののった牛肉麵《めん》。海藻を練りこんで作る緑の皮の餃子《ぎょうざ》。どのくらい煮込むのか、ものすごくうつくしい透明のスープ。口の中で溶けるほどやわらかい豚の煮物。餃子や牛肉麵や、魯肉飯《ルーローハン》や鶏肉飯《ジーローハン》は、言ってみればファストフードで、食べるのに三十分もかからない。けれどもそのひと皿を作るのに、何時間もが費やされている。おいしいものを作るための、この手間ひまを思うと気が遠くなる。そして、「おいしい」と感じるとき、私たちは、作る人の「おいしいものを作るのだ」という気合い、省略しないその手間ひまを、舌でも脳でもなくて、心で感じとるのではないか。心に直接訴えかけてくるそのおいしさは、だからこそ、食文化や生育環境や舌の感覚が異なっても、共有できるのだ。

おいしさの秘密がちょっとわかったつもりになって、あらためて台湾の食と向き合うと、しみじみとありがたく思えてくる。おいしい、と感じさせてくれたことに、心からお礼を言いたくなる。

旅の恩恵

毎週末、走っている。私は運動が苦手で、好きだとは決していえないが、週末の朝に走るのは日課になっていて、走らないでいると、ものすごい罪悪感を覚える。土曜日曜、目覚めるたびに、雨が降っていますように、と思っている。降っていないとがっかりする。それでもその罪悪感を味わいたくなくて、歯磨き洗顔を終えるとランニングウェアに着替える。

問題は、旅先だ。しょっちゅうでもないが年に何回かは、土日泊まりがけの仕事がある。ランニングをはじめたころは、旅先でまで走るなんてとんでもない、というような気分だった。それがだんだん、旅先ですら、例の罪悪感が忍び寄るようになった。なんとなくサボっているような、ズルをしているような、そんな気分だ。

数年前、長野で二泊三日の仕事があった。二日目のスケジュールが昼過ぎと遅いので、思い切ってランニングシューズとウェアを持っていった。宿泊先は高遠《たかとお》。桜で有名なことは知っているが、はじめていく町だ。

二日目の朝、朝食を食べ、さっそくウェアに着替えた。方向音痴の私は、ホテルでもらった地図を見てもまったく理解できないけれど、なんとかなるだろうとホテルを出て走り出した。

ホテルの裏はいきなりのどかな田園風景が広がっている。渓谷があり吊《つ》り橋が架かり、木々を鬱蒼《うっそう》としげらせた山々が重なり合っている。どこに続くのかわからないが、とにかく舗装された道路をひたすら走る。アップダウンが激しくとも、めずらしいものばかりが目に飛びこんできて、つらいという気がしない。

そうなのだ。近所を走っているときにはまるで感じたことのない気分を、この見知らぬ町で私は味わっていたのである。

なんか、たのしい！　というのが、それである。

何度もくり返すが、罪悪感にのみこまれたくなくて習慣的に走ってはいるが、すごく好きか、といわれればそうでもない。春先や秋は、気持ちがいいなあと思うこともあるが、たのしい、なんて思ったことがない。

ところが、たのしいのである。鬱蒼とした緑に縁取られた道をぐんぐん進んでいくと、ふいに神社があったり、史跡があったりする。城址《じょうし》公園と案内が出ていて、そちらに走ると広大な公園があった。見たことのない景色が次々と展開して、それを眺めるのに夢中で、あと何キロ走ればノルマ完了だろう、とか、なんか疲れた帰りたい、とか、思い忘れているのである。公園をぐるりとまわって、今度は市街地に向けて走る。まだ起ききらない朝の町の、なんとすがすがしいこと。しかも、地図で見た周辺地理が、自分の足でめぐることによって突然立体的に理解できた。前日に車で走った道も、走ることでようやく頭におさめることができた。

以来、週末に泊まりがけの仕事が入ったとき、状況を見てランニンググッズを持っていくようになった。いく機会の多い大阪や京都では持っていったことがない。たいてい駅に隣接したホテルに泊まるし、都会というイメージがあって、ランニングコースをうまく思い浮かべることができないのだ。

福岡にいったときは、呼んでくれた方にランニングコースを教わったのだが、あいにくの雨。いつもは乞《こ》う雨が、こんなに残念だったことはない。

走る気満々でのぞんだものの、二日酔いで起きられなかったときもある。

気持ちよさで覚えているのは、五月の小樽《おたる》。やっぱりはじめての町だった。海沿いをずっと走り、市街地に戻ってきて走った。滞在時間が短く、満足な観光もできなかったのだが、この朝のランニングで私は観光をしたようなものだった。

それがどんなに近くであれ、短時間であれ、旅には旅の高揚がある。どうやらランニングも、その旅の恩恵を受けることができるらしい。日常ではあんなに面倒で疲れることが、非日常ではちょっとしたアトラクションのようにたのしくなるのだから。

川といっしょ

魚座だからというわけでもないだろうけれど、水のある風景が好きで、心落ち着く。私の家のそばには川があり、川沿いをずーっと歩いていくと、源流のある善福寺《ぜんぷくじ》公園に着く。道路を挟んで二つに分かれたこの公園には下《しも》の池《いけ》、上《かみ》の池《いけ》とそれぞれ池がある。上の池ではボートにも乗ることができる。

四、五年前、友人に誘われてランニングをはじめたのだが、もともと運動が好きではなく、それまで走ることとなんの縁もなく暮らしてきた私は、最初、一キロも走ることができなかった。それが、そのうち三キロ続けて走ることができるようになった。我が家からずっと低地を流れるこの川沿いを走り、上の池のあるほうの公園入り口までが、ちょうど三キロなのだった。この入り口にベンチがあり、私はそこに座ってはゼエゼエと荒い息をしつつ休み、帰りは歩いた。

おもしろいもので、三キロ走るのが限度だったのが、毎週末続けていくうち、五キロ、六キロと走れるようになる。もちろん、すぐにではない。一年かけてようやく、三キロから八キロ走ることができるようになった、という程度ののんびりさ加減。いつもは川を、源流に向かって走っていたのだが、ふと、反対側に走ってみようと思い立った。

善福寺川は、道路より低いところを流れていて、両側に柵《さく》で囲いがしてある。その柵と、民家のあいだの道が遊歩道になっている。

公園と反対側に向かって走ると、ずっと住宅街が続き、幹線道路を越えてまだ走っていくと、じょじょに民家より木々の緑のほうが目立ってくる。善福寺川緑地という公園で、これがべらぼうに広い。公園内にはグラウンドや野球場、アスレチック用具や子どものための遊具まで点在している。さらにずっといくと、善福寺川緑地は和田《わだ》堀《ぼり》公園になる。ますます緑が濃くなって、森のようである。和田堀公園を越えると、ずっと先に新宿の高層ビル群が見え、また住宅街になる。

私はたいへんな方向音痴で、自分の家の近所でもよく迷うのだが、このランニングコースは川があるおかげで迷うことなく未知の場所にいくことができる。川沿いに帰ってくればいいのだ。

一昨年《おととし》から去年にかけて、一カ月に一キロずつ距離をのばしていくことにした。今月十キロ走れたら、来月は十一キロ、という具合に。決めた距離の半分までくれば、律儀に引き返す。

源流に向かうコースと違って、こちらはいけどもいけども川は続く。五キロの先に、六キロの先に、いったい何があるんだろう、どこに続くんだろうと思いながら、引き返す。一、二キロごとに橋がかかっているのだが、この橋の名前を見ていくのもおもしろい。鍛冶《かじ》橋、児童《じどう》橋、なかよし橋、御供米《おくまえ》橋。毎週末、姿を見かける人がいることにも気づく。川沿いのベンチで不思議な楽器を弾いている人。川をのぞく猫と、その猫を見守るおばあさん。大型バイクをぴかぴかに磨き上げている年齢不詳の男性。

川沿いの道は空《す》いているが、公園はいつも賑《にぎ》わっている。グラウンドでは少年サッカーチームが練習し、リトルリーグの子どもたちが列を成してランニングし、テーブルのあるベンチではお年寄りの方々が弁当を広げ、ベンチではカップルが寄り添い、バーベキュー可の広場ではあちこちでバーベキューセットが広げられている。犬たちと飼い主たちの集う広場もある。

毎月一キロずつ距離をのばしていったら、あるとき川の終点らしきところに出た。いやいや、終点なのではない、工事中のために一部川が覆われて見えないのだった。この地点で、川は大きく左に曲がる。工事中の覆いに沿って走っていくと、環七に出た。おお、と、このときは感動で声が出た。ここまでで九キロ。引き返せば、十八キロ。よく走れるようになったものである。

そこで満足し、もう距離をのばすことなく、長らく環七を引き返し地点にしてきた。けれど、川は環七の向こうにも続いているのである。はてさて、あちらに何があるのだろう。川はどこまで続くのだろう。

あるとき、意を決し、環七を渡ってずーっと川沿いを走った。どんどん知らない町になる。川がつながっていても、町というのは町名が違うだけでこんなにも変わるのか。区が変わるとその変化はもっと大きくなる。変化しながらだれかしらが暮らしている。ずーっとずーっと走っていったら、川は神田川《かんだ》と合流し、そうしてよく見知った場所に出た。電車でよく見下ろしている、東中野《ひがしなかの》の桜並木である。このへんでうちから十五キロ。もういいだろうと、また川沿いを引き返す。まだまだ川は続いているが、東中野の先にいったことはまだない。

走るのは嫌いだ、いやだと言いながら、こんなに長く続いているのは、川のおかげかもしれないとも思う。春には桜を、夏には緑を、秋には紅葉を、冬には高く澄んだ空を映す川がつねに寄り添っているから、続いているのかもしれない。

遠い思い出と旅の原点

子どものころ、既知と未知の場所の境界線がはっきりとあった。近所の川沿いをずっと歩いていく。あるところで、急にこわくなる。そこから先が、見知らぬ場所なのである。道は続いていて、こわいことなんて何もない、今日こそもっと先までいこうと家を出るものの、やっぱりそこまでいくと、こわくなる。勇気を振り絞って歩き出しても、十メートルもいくと、引き返したくてたまらなくなる。

じつはこの感覚、今でもある。私は歩くのが好きで、何時間でも歩くことができるのだが、自分の家を出て歩き出し、ずっとずっといった先で、「あ」と思うことがある。知っている場所から、知らない場所に足を踏み入れた、その瞬間である。町名や区が変わったわけではない、でも、そう感じる。電車やバスでの移動なら、味わえない感覚だ。今ではもうこわくないから、「あ」と思うだけで、引き返さずに進む。ほんの少しだけ、非日常にいる気分になる。それがたのしい。私たちにも猫のような縄張り本能が備わっているのではないか。

私にとってはそれが旅の原点である。

知っている場所から、見知らぬ場所に足を踏み出すこと。散歩と異なり、電車や飛行機に乗って向かう場所は、よりダイレクトに未知感が伝わってくる。空港を出る、駅を出る、町に向かう。そのときの心持ちは、子どものころに感じたあの恐怖と、大人になってから感じる非日常の高揚、両方ある。

既知と未知の境界をまたいだときの感覚を、こんなふうに意識するようになったのは、旅をするようになってからだ。はじめて訪ねる異国の、空港を出てバスやタクシーに乗り市街地を目指すときの、不安と高揚のない交ぜになった気分は、知らない町を何度旅しても、毎回律儀にせりあがってくる。慣れる、ということがない。

私はこの気分が嫌いではない。おお、旅がはじまった、とその都度思う。そうしてあるとき気づいたのだ、この恐怖と不安は、もうずっと前から知っている。そうだ、子どものころの、近所を散歩するときの、あの気分と根本的にはおんなじなのだ、と。

きっと、旅をしていなかったら、縄張り本能にはもっと無自覚だったろう。子どものころのあの感覚もとうに忘れていただろうし、未知と既知の境界を、ただの散歩で感じることもなかったろう。

旅する快感は、つまりは縄張りを出ていくことだ。そこには不安も恐怖も含まれている。その快楽を、私はうんとちいさいころから知っていたらしい。

ひとり旅の理由

ひとり旅をはじめたきっかけは、ともにいってくれる人がいないからという、消極的なものだった。私は二十五歳で、どうしても旅がしたかった。期間は一ヵ月。貧乏旅行になることが、あらかじめわかっている。一ヵ月、私といっしょに一泊千円以下の安宿に泊まり長距離バスで移動してもかまわないと言う友だちはいなかった。タイからマレーシアへいき、またタイに戻る。それが私のはじめてのひとり旅だった。失敗したと思ったことも、たいした金額ではないがぼられたりしたこともあったけれど、たのしいこと、すごいと思ったこと、見知らぬ人に助けてもらったことのほうが、圧倒的に多い旅だった。その後、ひとり旅ばかりくり返せるようになったのは、この旅のおかげだ。

移動手段をすぐに調べたり、はじめて訪れる場所でも土地勘があったりと、旅的なことが得意な人ならば、スムーズな旅ができるだろうけれど、そうではない場合、本当に無駄も苦労も多い。時刻表も読めず、読めたとしても時間を間違え、度胸もなく、方向音痴な私は、毎度毎度、無駄と苦労の連続である。いつだって心細いし、食事どきは退屈だ。国内は、言葉が通じるぶんまだ楽だけれど、それでも基本的に私はいつも迷っている。運転免許を持っていないので、移動に頭を悩ませ、やっぱり無駄と苦労は多い。

それでもひとり旅を続けるのは、ひとり旅でなければ得られないものがあるからだ。ひとり旅だと、とくに私のような旅の不得意な人間だと、他者に助けてもらうことが本当に多い。不安顔でうろついているからだろう、「どうしたのか」「迷っているのか」と向こうから声をかけてもらうこともある。道を訊《き》けば至極ていねいに教えてもらえる。よからぬ企《たくら》みを持って近づいてくる人もいるが、おそらくひとりであるがゆえに、野性の危険本能がいつもよりも働き、たいていそうとわかる。ほかの旅行者と親しくなることもある。

国内旅行でおもしろいのは、地方によって、人のありようの違いが見てとれること。一見ぶっきらぼうで、でも少し話しているとものすごく親切な人が多かったり、ともかく明るくて、歩いているだけで向こうから話しかけてくれる人が多かったり。県民性というのは、たしかにあると思う。そしてどの地方であれ、旅するのがつらくなるほど邪険にされるような目に遭ったことはない。

人は、基本的には善きものであると私はどこかで信じている。道を尋ねたら、ほとんどの人が何も考えず正しい方角を教えようとする。なんでもないことだが、それは、悪意ではなく絶対的な善意である。私がそのように信じられるようになったのは、ひとり旅で多くの人に助けられたからだ。

そしてもうひとつ、私にとっては非常に重要な、ひとり旅の理由がある。私は優柔不断なところがあるので、だれかといくと、その人に感化されてしまうのである。いっしょに食事をする。なんだかおいしくない、と思うより先に、いっしょにいる人が「これ、おいしい!」と言うと、そっちを信じてしまう。たとえば廃墟《はいきょ》を見てうつくしいと思っても、「うわー、ひどい景色」とともにいる人が言えば、うつくしいと思ったことを疑ってしまう。旅の感覚が、どんどん他者のものになっていく。そうして旅を終えて時間がたって、そのときのことを思い出そうとすると、食べものの味も、町の地図も、町の名も、何に感動したのかも、思い出せなくなっている。

ひとり旅ならば、自分の感覚しかない。何をうつくしいと思い、何をきたないと思い、何をおいしいと思うか、自分自身を信じるしかない。そうすると、自分ですら知らなかった、まったく新しい自分に、出会えることも多いのである。旅の記憶も純度が高まる。それは、ひとり旅の無駄さ、面倒さ、心細さ、すべての欠点にもまさる重要なことなのだ、私にとって。

居酒屋ごはん

異国のひとり旅をするようになって、二十年以上になる。最近はうまく時間がとれず、仕事がらみか、夫との休暇の旅ばかりだが、はじめて旅したときから一貫して守っているルールがある。旅先で、日本料理およびそれに準ずるものを食べない、というのが、それだ。準ずるもの、というのは、おもに中華料理である。

このルールを守っていると、帰国するころには、食べ慣れたごはんが恋しくなってくる。一週間の旅でも恋しいし、一ヵ月の旅だと、猛烈な恋しさだ。帰りの飛行機で、日本食か洋食かと訊かれたとき、つい日本食と言っていたのだが、この十年ほどは、それもやめて洋食を選ぶことにしている。旅先での日本ごはん禁止は、その土地のものを食べたいからだが、帰国便での日本食禁止は、猛烈な恋しさを機内食なんかで鎮めたくないのである。実際、鎮まってしまうのだから。

帰国が近づくと、帰ってすぐに何を食べようかなあと考える。帰りの飛行機のなかでは、ほぼそれしか考えていない。

しかしながら、日本食、といっても和食ばかりではない。そのことをいつも奇妙に思う。鮨《すし》や蕎麦《そば》ばかりが恋しくなるわけではないのである。焼きそばやお好み焼きのソース味、オムライスやナポリタンのケチャップ味、グラタンやドリアのホワイトソース&チーズ味、ハヤシライスのデミ味、ラーメンの醬油《しょうゆ》・塩・味噌《みそ》・豚骨《とんこつ》味、そりゃあもう、日本食は多岐にわたる。しかも、カレーやパスタや焼き肉といった、本場の味から大きくかけ離れた、和製料理も多い。インドでカレーばかり食べながら、日本のカレーが食べたい、とごくふつうに思う。

こんなことって、めずらしいのではないかと思う。私は旅先から帰ってくるたび、東京は不思議な町だとあらためて思う。私の暮らすちいさな町に、イタリア・スペイン・フランス・アメリカ・マレーシア・中国・韓国・タイ・フィリピン・メキシコ・インド・ネパール・日本・無国籍と、飲食店が存在する。こんな町はあまりない。都市部以外の町では、中国人は中国料理を、フランス人はフランス料理を、モロッコ人はモロッコ料理ばかりをふつうは食べているのだ。当然、恋しくなる料理の幅も大きくなる。その旅で、私は自分が何を恋しく思うのか、さっぱり想像がつかない。

旅をはじめて二週間目くらいに、それは突然降ってくる。「あ、素麺《そうめん》」と思ったとたん、もうずーっと、帰るまで、素麵に取り憑《つ》かれる。帰ったらすぐ素麵を茹《ゆ》でて食べよう、とことあるごとに考えている。「キムチ」の場合もある。旅先が韓国だったらいいが、もちろん韓国の旅では違うものに取り憑かれるはずだ。「あの店のラーメン」と、店名こみで浮かぶこともある。唐揚げ。冷やし中華。卵かけごはん。ハンバーグ。餃子《ぎょうざ》。アボカドに醬油をつけたもの。なんでもが、取り憑いてくる。

短い旅、一週間前後の旅だと、取り憑かれる前に帰国日がやってくる。こういうときは、帰っていちばん何が食べたいか、自分でもわかっていない。とりあえず、機内での日本食は断る。そうして帰国した日、夜ならば荷物を置いてすぐ、昼ならばどうでもいいもので腹をなだめて夕暮れを待ち、私は意気揚々と居酒屋に繰り出す。

居酒屋こそ、多岐にわたる日本のごはんがわんさとある。刺身もあればグラタンもある。天ぷらもあればたこ焼きもある。湯豆腐も海老《えび》フライもチヂミも、なーんでも。メニュウを見ると、ふつふつと食べたいものが浮かび上がり、それを思うまま注文する。なんでもおいしい。なんでもおいしいが、注文したなかに、自分でもびっくりするほど感動的においしいと思う料理が入っている。そうして、それに自分が飢えていたことに気づくのだ。このあいだの五日の旅のあと、居酒屋でそのように私を感動させたのは、自分でも意外なことに、焼きうどんであった。

つい人生に思いを馳せる

はじめてイタリアにいったのは二〇〇一年だった。旅したのはフィレンツェとシチリア島で、そのとき私は、次に生まれ変わるならイタリア人になりたいと子どもじみたことを本気で思った。とくべつに何があったわけではない。ただ、ふつうに暮らし、ふつうに町を歩いている人たちが、ひどくしあわせそうに見えたのである。

その数年後、仕事でドロミテ地方にいった。私の滞在したコルティーナというこぢんまりした町は、スキー客や登山客に人気のリゾート地で、近くにはお金持ちの人たちの別荘地があるという。中心街には洒落《しゃれ》たレストランや高級ブランド店が並んでいる。そしてこの町を、四方からのぞきこむように山々がそびえている。毎日この山々を登る、というのが、そのときの仕事だった。

このときは十月だったのに雪が降り、山々が真っ白だった。そんな雪山を歩くのだが、登る山によって表情がまったく異なることに驚いた。雪景色のなかから岩が飛び出ている山、滝の裏側を歩ける渓谷、クレバスのある雪山、なだらかな山、急勾配《きゅうこうばい》の山。どの山々も、天候や時刻によって刻々と表情を変える。おそろしい貌《かお》になることもあれば、世界を祝福するような慈悲深い貌になることもある。山が、巨大な生きものに感じられた。

コルティーナの町も山の麓《ふもと》の町や村も、私が以前旅した都会とは当然ながらまったく異なっているが、おんなじなのは人々がたのしそうであることだった。飲食店で出会う人々も、山小屋で出会う人々も、その取材で会ったアグリツーリズモの経営者、料理人、はたまた、山を歩く羊飼いといった人たちも、具体的に何がどうだというのではなく、全体的にたのしそう。たのしそうな人はよく笑っているし、他者もその笑いのなかに入れてしまう。

この登山の旅は、イタリア人のガイドさんに案内・指導をしてもらったのだけれど、このガイドさんは、休憩のたびにナップザックからエスプレッソマシンやワインボトルを出してくれる。驚いたのが、エスプレッソのセットも簡易なものではなく本式だったし、ワイングラスもプラスチックのコップではなくワイングラスだったこと。それを見て思った。しあわせそうに見える人たちは、ただストレスフリーで笑っているのではなくて、みずからをたのしませようとしているのだな、と。簡易セットでもなく使い捨てのプラスチックカップでもなく、まして面倒だからペットボトルの水なんかでもなく、ちゃんとしたコーヒー、ちゃんとしたワインを味わおうとするのは、生きていくことのたのしみは何か、重要さは何か、よく知っている証《あかし》だと思ったのだ。『カプチーノはお熱いうちに』というイタリア映画がある。この映画にはまさに、みずからをたのしませようとする人々が登場する。映画の序盤は、ありがちなラブロマンスか？　と思うのだけれど、どんどん、どんどんその先に進んでいく。どんなハッピーにもエンドはなく、日常は続く。そしてその日常は、ときに過酷なものとなる。目を背けたいものになる。それでも、映画に登場する人たちは屈しない。どんな人生でも、人生は生きるに値するものだと、見ている私を説得する。

生きていくことのたのしみは何か、重要さは何か。それはおいしいものを食べることかもしれない、笑い合える友だちを持つことかもしれない、だれかを深く愛することかもしれない。自分にとってそれが何かさがすことが、自分の人生を生きるということなんじゃないか。……なんてことまで、イタリアは考えさせてくれるのである。

ちいさな旅

私がデビューしたのは二十七年前、二十三歳のときだ。ものを書いて暮らしていくということは、だれにも会わず、どこにも出かけない日々が続くのだろうと思っていた。だから、作家としてデビューしてのちの私は、意識して果敢にひとり旅をしていた。旅するのはかならず異国だった。国内をほとんど旅したことがないまま年齢を重ねた。

作家という仕事は、部屋に閉じこもってだれにも会わずずっと書いているだけではないようだ、と知ったのは三十代を過ぎてからだ。仕事の依頼も少しずつ増え、それとともに、編集者や仕事関係の人と会うことが増え、それから、国内各地にいく機会も増えた。サイン会やトークショーなどのイベントに呼ばれたり、学校に招かれたりするようになった。新幹線が身近になったのもそのころからだ。そのかわり、休暇をとって異国を旅することはほとんど不可能になった。

考えてみれば、関東で生まれ育って、旅といえば異国を目指していた私は、国内のどんなところもいったことがないばかりか、縁がない。大阪にはじめていったときはびっくりした。道頓堀《どうとんぼり》川もひっかけ橋も、グリコの看板もくいだおれ人形も知っているのに、実際に見るのははじめてなのだ。三十代の半ばまで大阪にきたことがなかった自分にも、あらためて驚いた。

国内各地にいくようになるのと前後して、猛烈に仕事が忙しくなった。エッセイと小説で締め切りは一ヵ月に三十近くあった。国内各地に呼ばれても、仕事の開始時間ぎりぎりにその地に着いて、仕事をし、一泊して翌朝帰るという余裕のないスケジュールになった。観光も食べ歩きもできない。かつてのように、異国を旅する休暇もとれない。多忙さに感謝しながらも、旅のできないストレスはいつもあった。

新幹線にも仕事を持ちこむようになった。京都までなら二時間とちょっと、新大阪までなら二時間半弱、それだけの時間があれば仕事ははかどるはずだと、校正刷りや読むべき資料を鞄《かばん》に入れる。新幹線に乗りこむ前に、それだけが楽しみの弁当を物色し、悩んで悩んでようやく買って電車に乗りこむ。電車が走り出すやいなや弁当を広げる。この時点で、わくわくしていることに気づく。弁当を食べ終えてもまだそのわくわく感は持続している。持参した校正刷りや資料を開くには開くが、つい、窓の外を見てしまう。熱海《あたみ》を通過するあたりでは海が見え、三島《みしま》を過ぎると堂々とした富士山が見える。海や山でなくても、連なる民家や田畑でもつい目をこらしてしまう。降り立ったことのない町の、人の暮らしの断片を眺めてしまう。岐阜羽島《ぎふはしま》を過ぎると劇的に風景が変わることにも毎回驚く。冬はとくに、トンネルを抜けると急に雪景色になっていたりする。結局、持ちこんだ仕事には手を着けず、子どものように車窓を眺めているうちに目的地に着いている。

今はあのころと比べれば余裕ができた。前泊して観光したり、名物料理を食べたりすることもできる。記憶もまばらな忙しい時期を思い出すと、あの車内での時間は、私のちいさな旅だったのだなと思う。忙しさの疲れと、旅の足りないストレスを、車窓をぼうっと眺めていたあの数時間が支えてくれていたのだな、と思うのだ。

旅する理由

私が旅に取り憑《つ》かれたのは二十四歳のときだ。一九九一年、タイの北から南まで五週間かけて旅をして、すっかり旅の虜になり、それからひとりで旅するようになった。三十代の前半までは一ヵ月程度、その後は二週間前後の、予定を決めない旅をしていて、三十七歳のころ、急激に仕事が忙しくなって趣味の旅にいくことがほぼ不可能となった。趣味の旅は無理だが、しかし、仕事で異国を訪れる機会が多くなったのもこのころだ。ブックフェアに招かれたり、取材をする必要があったり。四十歳を過ぎて、なんとか一週間程度の旅ならできるほどにはなった。

と、いろいろな段階はあれど、私は一貫して、おもに異国を旅してきた。数字にあんまり意味はないと思っているのだが、何ヵ国旅したことがあるか、何度も訊《き》かれるものだから、すぐ答えられるように数えている。しかし四十ヵ国を過ぎて数えるのも面倒になってしまった。

こんなに旅好きで、旅する回数が多いのに、私は旅下手で旅慣れていない。四十数カ国という数字と、私の旅の仕方は、他人が見たらものすごくギャップがあるだろうと思う。自分でもよくわかる。私の旅はスマートではないし、非効率的で無駄が多く、みっともないことも多い。あの美術館を訪れたい、あの建築物をこの目で見てみたいというような、文化的、教養的な目的もない。人からしたら、いったい旅の何に取り憑かれているのか、不思議に思えるだろう。

じつは私もずっと、旅の何に自分が魅力を感じているのか、ずっとわからなかった。旅に出たくて航空券を用意し、旅支度をするのに、出発前はいつもどんよりした気持ちになり、いきたくないと思う。飛行機のなかで、その国のガイドブックの「治安と犯罪」のコーナーを熟読し、どのような手口の犯罪が多いのか諳《そら》んじては、さらに暗《あん》澹《たん》たる気持ちになる。それなのに、旅に出たいという衝動は、その暗澹よりはるかにまさっている。それはなんなのか？　なぜなのか？　ずっとわからなかった。

ようやくわかってきたのは数年前だ。

ギリシャの島で、飲みものを買うためにちいさな雑貨屋に入った。カウンターにはおじいさんがひとり座っている。飲みものを買っておじいさんにお金を渡し、お釣りをもらいながら覚えたばかりのギリシャ語で「ありがとう」と言うと、「どういたしまして」と返ってくる。店を出るとき、おじいさんが「ありがとう」と言ったので、今聞いた「どういたしまして」と答える。ヨシ、とでも言うかのようにおじいさんは親指を立てて私にうなずいてみせた。

こんなやりとりが、私は好きなのだ。人に話してもわかってもらえないかもしれない。名前も知らない、もう二度と会うことのないだろう人との、すれ違うような束の間、かすかに気持ちが通じ合うような、そんな瞬間がたまらなく好きなのだ。どうでもいいようなことで笑い合うのが好きなのである。

町の写真を撮ろうとカメラを向けたら、通りがかった青年がカメラに気づいてふざけたポーズを取ってみせる。シャッターを押して笑い合う。

食事をして、覚えたての言葉で「おいしい」と言う。「発音が違う」というようなことを店員に注意され、何度も「おいしい」と練習させられて、そのうち二人で噴き出してしまう。

そんなこと。そんな、なんでもないこと。けれども、なんでもないことだから、短い旅でもかならず一度や二度はそういうことが起きる。

旅の、どんなところが好きかは人によって異なる。未知のものを見、食べたことのないものを味わうことが大好きなのだという人もいるだろうし、その土地の文化や歴史に触れて「知る」ことに興奮する人もいるだろう。馬に乗ったりカヤックをしたり、という体験を好む人も、観劇や美術館巡りが目的の人もいる。私も、旅先に美術館があればいくし、旅先で日本料理はまず食べず、その土地のものを食べ、絶景にはひたすら言葉を失って見入る。つい数年前までは、そういうことがしたくて私は旅をしているのだと思いこんでいた。そうしたものが、暗澹たる気分の私を旅に引っぱり出すのだと思っていた。でも、違う。美術館も博物館も、未知の体験も未知の食事も、ぜんぶ二の次だ。その土地で暮らす、まったく縁もないだれかと、ほんのちょっと出会うこと。そう気づいて、私は自分のちいささに呆《あき》れてしまったのだけれど、同時に、自分の内にそうしたささやかで幸福な瞬間がたくさん詰まっていることも知った。

旅好きのきっかけとなった、二十四歳のときのタイ旅行は、それはもういろんなことが起きたり、大勢の人と知り合いになったりした。この旅で知り合った人と未《いま》だに連絡を取ったりもする。けれどこの旅のことを思い出して、真っ先に浮かぶのは、澄んだ海でもエメラルドの仏像でも屋台の群れでもなくて、名も知らぬ男の人だ。バス乗り場で、目的地にいくバスがあるかどうか訊くと、その人はともにバスを待ち、やってきたバスに私と一緒に乗りこみ、私の目的地でともに降りた。てっきりその人もそこに用があると思っていたが、そうではなくて、ただ私をそこまで送ってくれたのだった。そのことに気づいて、ありがとうございましたと頭を下げると、ただにっと笑って反対側のバスに乗って戻っていった。

おそらくそのとき、これが旅だと刷りこまれたのだ。この広い広い世界に、道を案内するのに自分の時間を惜しげもなく平然と差し出す人がいる。そういう人とすれ違うように会い、笑い合うことができる。それが、つまり旅だと。

単行本版あとがき

　質問されたとき、まごつかないために答えを用意しておく場合がある。いちばん好きな映画は何？　いちばん好きな作家はだれ？　――そういった質問は本気ではない。訊《き》いているほうは本気で答えを知りたくて訊いているのではない。いや、本気で訊きたいのかもしれないけれど、訊かれた側が苦悩してまで真の答えを出すことは、べつに望んでいない。だから、答えを用意しておいたほうがスムーズに会話は進む。

　そういった軽い質問のなかに、旅部門がある。今まで何カ国旅した？　というのは、とてもよく訊かれることだ。十年くらい前まで、すぐに答えられるように旅した国をメモしていた。しかし私は数字に異様に弱くて、年々増え続けていく国名メモを数えて暗記するということができなくなり、ちゃんと答えるのをやめた。実際、自分が何カ国旅したのかもうわからない。そもそも「何カ国」という数えかたにさほど意味はないのではないかと思っていたのだ。

　ほかに「今まで旅したところでいちばんよかったのはどこ？」というものもある。

「どの国が好き？　どの町が好き？」という変形バージョンもある。

この質問はたいへんに私を苦しめる。今まで旅したどこもここも、ものすごく愛着があって「どこ」と特定などできない。その愛着は、国に対してのものではなくて、旅に対してのものでもある。質問の答えをさがそうとすると、いっぺんに旅の思い出が押し寄せてきてたまらない気持ちになる。

しかしこの質問も、訊いた側は、訊かれた側が真剣に十分も二十分も悩んで本当の答えを出すことを、べつだん望んでいない。三十年ぶんの旅の思い出に押し寄せられて悶絶《もんぜつ》しながら答えることなど、だれも望んでいない。ぱっと答えたほうがいい。わかっている。わかっているので、これも映画や作家や小説なんかと同じように、私は答えを用意していた。

しばらくのあいだは、「タイ」と答えていた。回数でいえば、いちばん多く訪れているのがタイだし、いくたびに、気持ちの全部が吸いこまれるくらい「好きだ」と思う。陽射しや日向《ひなた》日陰のコントラストや、空気や町にあふれる文字や、言葉の響きや食べものや、何もかもに心惹《こころひ》かれる。そしてタイはたいていの人が知っているから、答えとしてかなり万全だと思う。

そんなわけで二十年くらい、好きな国、印象深い場所、いちばんよかったところ、としてタイを挙げてきたのだが、急にそう答えるのがいやになった。私のタイに対する気持ちは、おそらく深くこみ入りすぎているのだ。「好き」なんて言葉で括《くく》れるようなものではない、と思ったり、タイと答えて、質問した側が思い浮かべるタイは私の思うタイとは違うはずだ、と思ったりして、また、そんなふうに考えることも面倒になって、タイと答えるのをやめた。

そして「どこが好き?」という質問のうしろには、「そんなにたくさん旅をしているのなら、さぞや興味深い答えが返ってくるはず」という淡い期待があるらしいことも、だんだんわかってくる。それで私も一丁前にその期待に応《こた》えようと思うようになった。それで「好きというより印象深いのはマリ共和国」だとか「町がうつくしかったのはキューバ」だとか「勧めるのならモロッコ」だとか、相手とシチュエーションを見て答えるようになった。でも、そんなふうにして答えながら、どこか嘘をついているような、何かごまかしているような、へんな落ち着かなさがある。

つまり私は、旅にかんして、大雑把にまとめたくないのだろう。好きな映画は決めているし、好きな作家も決めている。でも、旅については、そんなふうに対人用の答えとして、語りたくないのだと思う。十分も二十分も悩んで真剣に答えたいのだ。

厄介な人間であるなあと思うが、しかしよくよく考えてみれば、それはじつに幸福なことだ。たったひとつの国も、町も、通り一遍に答えられるような旅をしていない、ということだから。

角田光代

文庫版あとがき

この数年、忙しいさなかに旅に出るいいわけをさがして、マラソン大会に参加するという酔狂なことを続けてきた。マラソン大会に出るために、飛行機を乗り継いで二泊四日や三泊五日といった超短期の旅をするのは、たしかに酔狂としか言いようがないと思うが、しかしその町を走るというのは、なかなかにいい旅のしかただと思うようになった。

タクシーやバスで通り過ぎるだけだと、その町の感じはすぐに忘れてしまうけれど、自分の足で歩いたり走ったりすると、ぐっと距離が近くなる。町の地理、ようす、雰囲気、などなど、記憶に深々と刻まれる。マラソン大会に出ずとも、朝に走ってみるだけでも町は不思議と近く感じられる。

旅の記憶の分類に「走った町」という新ジャンルができて、そうした町を思い出すと、ほかの町より独特な親近感を抱くし、そのせいで、なんだかせつない気持ちになる。

二〇二〇年のパンデミック以後、全世界的にマラソン大会は中止か延期になった。二〇二一年の後半には、マラソン大会を復活させた国も多かったが、それでも他国からわざわざ走りにいけるような状況ではない。

私自身も、二〇一九年十二月に走ったNAHAマラソンが最後に参加した大会で、以後は四十二・一九五キロを走っていない。もし各国の大会に参加できるようになったとしても、自分がその距離を走れる自信がどんどんなくなってきている。

大会もなく旅もできなくなった二年間、それでも私は毎週末にランニングを続けている。この習慣はもう十年以上続けているので、そうかんたんにはやめられないのであるが、この二年間にちょっとした変化があった。

私は超絶な方向音痴で、住んでいる町であっても、通ったことのない道に入ると迷う。だから知らない方向に向けて走るということは、よほどのことがないかぎり、ない。十年以上、ほぼ同じ道——迷うことのないよう、川沿いだったり、街道だったりを、まっすぐ進んでまっすぐ帰ってきている。

ところが今までいったことのないところにいってみたくなった。地図を読むのも苦手なので、ランニング前に、わざわざ地図を開くなんて今まで一度もしたことがなかったのに、家にある古い地図を開き、なるほどこの方角に進めばあの植物園があるのだなとか、湖があるのだなとか、神社があるのだなと大雑把に把握して、いってみようかな、と思う。

そうして実際、いってみた。地図は持参せず、走り出す前に確認するために見るだけなので、「だいたいこっちの方角」としか覚えていない。それでもそっちの方角にずっと走っていくと、目指していた植物園や神社がある。

これにはちょっと感激した。かつてバスや電車を乗り継いでいった場所や、いってみたいと思っていた場所が、ずっと走っていった先に存在している。

都下の広大な公園を目指して走っていたとき、途中に緑道と書かれたアーチがあるのに気づいた。そこが起点らしく、緑の木々に覆われるような道がまっすぐ延びている。案内板があったので見てみると、その緑道の終点には多摩湖《たまこ》と狭山湖《さやまこ》があるらしい。

多摩湖という文字を見てなつかしい気持ちになった。二十歳のころ、友だちと電車を乗り継いで多摩湖にいった記憶がある。けれども多摩湖がどんなところだったのか、そこで何をしたのか、そもそもなぜ多摩湖を目指したのかも思い出せない。

ここをまっすぐにいけば多摩湖に着く。けれど果てしなく遠そうである。その日は緑道には足を踏み入れず、広大な公園までいって戻ってきた。

日がたつにつれ、あの緑道と多摩湖という言葉がどんどん魅惑的に思えてくる。果てしなく遠そうであるが、フルマラソンを走ることに比べれば距離はぜんぜん短い。半分以下だ。

よし、いこう。そう思い立ち、ある日の早朝、トレラン用のリュックに財布とスマートフォンだけ入れて、緑道を目指した。

その緑道は、歩行者用と自転車用に分かれていて、人も少なく、とても走りやすい。進むにつれて高い建物がなくなり、どんどん空が広がって、道の左右には畑が広がり、野菜の無人直売所がある。休憩用の東屋《あずまや》やベンチもある。前方に山の稜線《りょうせん》がはっきりと見えてきて、森があり、霊園があり、うどん屋の看板が増え、もしかしてここはかの有名な武蔵野《むさしの》うどん発祥の地だろうかと思いながら先に進む。知らない道は本当にたのしい。見たことのない景色に目を奪われて、走るつらさをほんの少し忘れることができる。

そうして広大な公園にたどり着いた。公園内の案内図を見ると、公園を進んでいくと多摩湖があるらしい。ここもまったくひとけのない公園をぐんぐん進んでいくと、おお、いきなり視界が開け、しんと動かない湖が広がっている。着いた！　広い！　湖立ち尽くして見入り、そういえば湖なんてずいぶん見ていなかったと気づいた。湖ってこんなに完璧に静止して、空をそのままうつしているのかと、あらためて驚く。

　この公園内で何かのイベントがあるらしく、ある一角にステージができ、フードトラックが何台も停まり、中央にテーブルや椅子が並んでいる。屋台街を思わせるその光景に私は興奮し、見とれていた湖にいともたやすく背を向けて、そちらに向かう。インドカレーや魯肉飯《ルーローハン》やホットドッグなどの看板が出ているが、まだどのトラックも準備中である。開店時間までまだ一時間もある。私は肩を落としてその場を離れた。

　公園を抜けると、温泉の案内看板や旅館があったり、遊園地があったりして、別世界にきたかのようである。ここで力尽きて、帰りは走らず、通りがかりに見つけた駅から電車に乗った。窓から外を眺めていたら、私が走ってきた道が続いている。

　走って湖を見にいくくらい旅に飢えているんだなと、家にたどり着いて思った。いやいや、「街角の煙草屋まで行くのも旅」と書いた吉行淳之介《よしゆきじゅんのすけ》氏ではないけれど、多摩湖までのランも立派な旅ではある。

　いきたくないのになあと思いながら旅に出る贅沢《ぜいたく》を、いつか近いうちにまた味わいたい。

二〇二二年二月八日

角田　光代

本書は、スイッチ・パブリッシングより二〇一九年六月に刊行された単行本に、左記の作品を加え、文庫化したものです。

金沢と私／「北國文華」第五十六号　二〇一三年夏（北國新聞社）

「おいしい」の秘密／「ミセス」二〇一七年五月号（文化出版局）

旅の恩恵／CREA×Number Do 共同編集「1泊2日、美旅のススメ」二〇一二年五月（企画・編集：株式会社文藝春秋／発行：トヨタ自動車株式会社）

川といっしょ／「太陽の地図帖　水の東京を歩く」二〇一二年六月二十五日（平凡社）

遠い思い出と旅の原点／「ノジュール」二〇一三年二月号（JTBパブリッシング）
ひとり旅の理由／「婦人画報」二〇一三年九月号（ハースト婦人画報社）
居酒屋ごはん／「Coyote」No.51　二〇一四年春（スイッチ・パブリッシング）
つい人生に思いを馳せる／「フィガロジャポン　ヴォヤージュ」vol.35（CCCメディアハウス）
ちいさな旅／「週刊文春」二〇一七年4／6号（文藝春秋）
旅する理由／「フィガロジャポン」二〇一七年七月号（CCCメディアハウス）

いきたくないのに出《で》かけていく

角田光代《かくたみつよ》

令和4年 3月25日　初版発行
令和5年 6月15日　再版発行

発行者●山下直久

発行●株式会社KADOKAWA
〒102-8177　東京都千代田区富士見2-13-3
電話　0570-002-301（ナビダイヤル）

角川文庫 23092

印刷所●株式会社KADOKAWA
製本所●株式会社KADOKAWA

表紙画●和田三造

●お問い合わせ
https://www.kadokawa.co.jp/（「お問い合わせ」へお進みください）
※内容によっては、お答えできない場合があります。
※サポートは日本国内のみとさせていただきます。
※Japanese text only

ISBN 978-4-04-111622-7　C0195

◆◇◇

角川文庫発刊に際して

角川源義

第二次世界大戦の敗北は、軍事力の敗北であった以上に、私たちの若い文化力の敗退であった。私たちの文化が戦争に対して如何に無力であり、単なるあだ花に過ぎなかったかを、私たちは身を以て体験し痛感した。西洋近代文化の摂取にとって、明治以後八十年の歳月は決して短かすぎたとは言えない。にもかかわらず、近代文化の伝統を確立し、自由な批判と柔軟な良識に富む文化層として自らを形成することに私たちは失敗して来た。そしてこれは、各層への文化の普及滲透を任務とする出版人の責任でもあった。

一九四五年以来、私たちは再び振出しに戻り、第一歩から踏み出すことを余儀なくされた。これは大きな不幸ではあるが、反面、これまでの混沌・未熟・歪曲の中にあった我が国の文化に秩序と確たる基礎を齎らすためには絶好の機会でもある。角川書店は、このような祖国の文化的危機にあたり、微力をも顧みず再建の礎石たるべき抱負と決意とをもって出発したが、ここに創立以来の念願を果すべく角川文庫を発刊する。これまで刊行されたあらゆる全集叢書文庫類の長所と短所とを検討し、古今東西の不朽の典籍を、良心的編集のもとに、廉価に、そして書架にふさわしい美本として、多くのひとびとに提供しようとする。しかし私たちは徒らに百科全書的な知識のジレッタントを作ることを目的とせず、あくまで祖国の文化に秩序と再建への道を示し、この文庫を角川書店の栄ある事業として、今後永久に継続発展せしめ、学芸と教養との殿堂として大成せんことを期したい。多くの読書子の愛情ある忠言と支持とによって、この希望と抱負とを完遂せしめられんことを願う。

一九四九年五月三日

角川文庫ベストセラー

幸福な遊戯　角田光代

ハルオと立人とわたし。恋人でもなく家族でもない者同士の共同生活は、奇妙に温かく幸せだった。しかし、やがてわたしたちはバラバラになってしまい――。瑞々しさ溢れる短編集。

ピンク・バス　角田光代

夫・タクジとの間に子を授かり浮かれるサエコの家に、タクジの姉・実夏子が突然訪れてくる。不審な行動を繰り返す実夏子。その言動に対して何も言わない夫に苛つき、サエコの心はかき乱されていく。

あしたはうんと遠くへいこう　角田光代

泉は、田舎の温泉町で生まれ育った女の子。東京の大学に出てきて、卒業して、働いて。今度こそ幸せになりたいと願い、さまざまな恋愛を繰り返しながら、少しずつ少しずつ明日を目指して歩いていく……。

愛がなんだ　角田光代

OLのテルコはマモちゃんにベタ惚れだ。彼から電話があれば仕事中に長電話、デートとなれば即退社。全てがマモちゃん最優先で会社もクビ寸前。濃密な筆致で綴られる、全力疾走片思い小説。

いつも旅のなか　角田光代

ロシアの国境で居丈高な巨人職員に怒鳴られながら激しい尿意に耐え、キューバでは命そのもののように人々にしみこんだ音楽とリズムに驚く。五感と思考をフル活動させ、世界中を歩き回る旅の記録。

角川文庫ベストセラー

コイノカオリ

角田光代・島本理生・栗田有起・生田紗代・宮下奈都・井上荒野

人は、一生のうちいくつの恋におちるのだろう。ゆるくつけた香水、彼の汗やタバコの匂い、特別な日の料理からあがる湯気――。心を浸す恋の匂いを綴った6つのロマンス。

運命の恋
恋愛小説傑作アンソロジー

池上永一、角田光代、中島京子、村上春樹、山白朝子、唯川　恵、編／瀧井朝世

村上春樹、角田光代、山白朝子、中島京子、池上永一、唯川恵。恋愛小説の名手たちによる〝運命〟をテーマにしたアンソロジー。男と女はかくも違う、だからこそ惹かれあう。瀧井朝世編。カバー絵は「君の名は。」より。

作家の履歴書
21人の人気作家が語るプロになるための方法

大沢在昌他

作家になったきっかけ、応募した賞や選んだ理由、発想の原点はどこにあるのか、実際の収入はどんな感じなのか、などなど。人気作家が、人生を変えた経験を赤裸々に語るデビューの方法21例！

落下する夕方

江國香織

別れた恋人の新しい恋人が、突然乗り込んできて、同居をはじめた。梨果にとって、いとおしいのは健悟なのに、彼は新しい恋人に会いにやってくる。新世代のスピリッツと空気感溢れる、リリカル・ストーリー。

泣かない子供

江國香織

子供から少女へ、少女から女へ……時を飛び越えて浮かんでは留まる遠近の記憶、あやふやに揺れる季節の中でも変わらぬ周囲へのまなざし。こだわりの時間を柔らかに、せつなく描いたエッセイ集。

角川文庫ベストセラー

冷静と情熱のあいだ Rosso　江國香織

2000年5月25日ミラノのドゥオモで再会を約したかつての恋人たち。江國香織、辻仁成が同じ物語をそれぞれ女の視点、男の視点で描く甘く切ない恋愛小説。

泣く大人　江國香織

夫、愛犬、男友達、旅、本にまつわる思い……刻一刻と姿を変える、さざなみのような日々の生活の積み重ねを、簡潔な洗練を重ねた文章で綴る。大人がほっとできるような、上質のエッセイ集。

はだかんぼうたち　江國香織

9歳年下の鯖崎と付き合う桃。母の和枝を急に亡くした、桃の親友の響子。桃がいながらも響子に接近する鯖崎……〝誰かを求める〟思いにあまりに素直な男女たち＝〝はだかんぼうたち〟のたどり着く地とは——。

ファミリー・レス　奥田亜希子

「家族か、他人か、互いに好きなほうを選ぼうか」ふた月に1度だけ会う父娘、妻の家族に興味を持てない夫。家族と呼ぶには遠すぎて、他人と呼ぶには近すぎる——現代的な〝家族〟を切り取る珠玉の短編集。

行きたくない　加藤シゲアキ・阿川せんり・渡辺　優・小嶋陽太郎・奥田亜希子・住野よる

人気作家6名による夢の競演。誰だって「行きたくない」時がある。幼馴染の別れ話に立ち会う高校生、生徒の愚痴を聞く先生、帰らない恋人を待つOL——それぞれの所在なさにそっと寄り添う書き下ろし短編集。